Der Ernst (Aschi) Hunziker isch im Jahr 1955 z Boltige, im Simetal, gebore. Nachere Lehr als Spängler-Installateur isch er zum Tal us u läbt syt 1980 ufem Bödeli, em Gebiet zwüschem Thuner- u Brienzersee. Gwärchet het er ufem Flugplatz Interlake als Flugzügspängler u später bi der Gmeind Interlake als Aalage- u Materialwart bi der Füürwehr. Ab 1999 isch er Kommandant vo der regionale Zivilschutzorganisation Jungfrou gsy.

Mittlerwyle isch er pensioniert.

Syt Jahre schrybt er Mundartgschichte, Romän, Krimis u o Volkstheater.

D Büecher sy im Buechhandel erhältlech. D Theater bim Elgg Verlag z Belp.

Wyteri Informatione über e Outor u sys Schaffe stöh uf der Websyte www.ernsthunziker.ch

Ernst Hunziker

# Züg u Sache

Churzgschichte

Bibliografische Information der Deutschen
Nationalbibliothek:
Die Deutsche Nationalbibliothek verzeichnet diese
Publikation in der Deutschen Nationalbibliografie;
detaillierte bibliografische Daten sind im Internet
über http://dnb.dnb.de abrufbar.

Herstellung und Verlag:
BoD-Books on Demand GmbH
Norderstedt
Printed in Germany
ISBN: 9783749482863

# Inhaltsverzeichnis

# Sache gits!

Wen e Mönsch paar Fähler het,
zell ne nid grad zu de Schlächte.
Weisch, am beschte Öpfelboum
git es öppe Miesch u Flächte.

*Ernst Balzli*

# Flurina u Andri

Dir kennet das sicher o. Zwüschyne schlaft me herrlech, troumlos, weis nüt vo der Nacht u füehlt sech am Morge erholt u früsch wie nes Alpefeieli. U de gits wider Zyte, wo me am Morge, nachem Erwache, am liebschte grad wider würdi ga schlafe. Me het sech dür d Nacht düregwälzt, het ständig ufe Wecker gluegt, öbs de nid gly Zyt wäri für ufzstah u het sech gnärvt, dass me geng wider ufe Wecker luegt, wil me genau gwüsst het, dass denn, we me de uf müessti, äbe gfüehlsmässig ehnder Zyt wäri, für wider ga z lige. U zwüsche all däm Gstürm tüe di wildeschte Tröim de o no grad nüt derzue bytrage, einigermasse erholt i Tag chönne z starte.

Settegi Nächt kennen ig o. Un i ha de albe der Mond z Hilf gno, für z erkläre, warum i wider mit emene Gnusch under der Chopfhut bi erwachet. U we de dä wäder voll no lär isch gsy, het halt de albe der Föhn oder ds schwäre Ässe vom Vorabe müesse als Begründig häreha.

Bis i du gmerkt ha, dass es da no öppis anders git, wo d Nacht cha belaschte. Oder äbe beruehige.

U das isch eso cho.

I bi einisch, äbe nach sonere gnietige Nacht, am Namittag no e chli ga ablige. Nid uf ds Ruehbett. Nei, i ha ds Gfüehl gha, i sygi grad grederet gnue, für z Grächtem ga z lige u bi längusgstreckt i ds Bett gläge. Ha gmeint, i chönni ds Dachbett über mi zieh u grad sofort töif schlafe.

Us däm isch du aber nüt worde.

Für ds Warum chönne z verstah mues me wüsse, dass mir zwöi Bett hei. Eis für my Frou u eis für mi.

Also zwöi Bett mit je ere Matratze. U natürlech o zwöi Dachbett. Jedes vo dene tüe mer jede Morge, nachem Uslüfte, zämeröllele u uf d Mitti vo der jewylige Matratze lege.

I ha also mys Dachbett über mi zoge u ds Andere isch schön gröllelet ufem Bett näbedranne gläge.

**Wie gseit.** I ha nid grad chönne yschlafe. Wil i Stimme ghört ha. Ganz lysli u ganz fyn hei si tönt. I ha z ersch gmeint, es sygi Chind, wo dusse am Spile sy. Won i du aber gmerkt ha, dass di Stimme ja nid vom Fänschter här chöme, han i vermuetet, dass d Nachbare Bsuech hei un ig drum di Stimme ghöre. Aber o das het nid chönne sy. Di Stimme hei nämlech unverwächselbar i üsem Schlafzimmer inne tönt. Un i ha sogar ds einte oder andere Wort verstande:

«Geits?», het e wyblechi Stimm lysli gfragt.

«Scho. Aber blöd isch es glych», het e töiffe Bass gantwortet.

«Ja was wosch? I füehle mi o nid wohl. Cha di ja nidemal aaluege», süslets zrugg.

«I gseh di zwar scho. Aber nume vo der Syte. Aber immerhin.»

«We die nume richtig würde bette!», seit wider ds Wybleche. Das Mal aber energischer.

«Ja, di tschegges eifach nid!» O der Bass tönt ergerlech.

I bi überhoupt nid drus cho.

Irgendöpper redt da inne. Im Schlafzimmer. I üsem Schlafzimmer. Un i weis nid wär. Ha ke Ahnig. Dir wärdet verstah, dass da vo schlafe – trotz myre Müedigkeit – ke Red meh het chönne sy.

I ha wyter glost: «Weisch, wie schön dass es wäri,

we mir jetze wider dinne wäre?» Das tönt scho fasch e chli verliebt.

«Uh ja. Ganz nach bi dir. Ohhh, das wäri ...» Der Bass schmiegt sech – ömel mit Wort – a ds fyne Stimmli aa.

I chume no weniger drus. U glych han i irgendwie gspürt, dass i der Lösig vo däm Rätsel uf der Spur bi. I ha nämlech d Tön einigermasse chönne orte. O wes mi völlig schreg dünkt het. Aber so, wien i das ghört ha, sy da zwo Stimme mitenand am Rede, wo vo de Dachbett här chöme. Es het mi im Äcke aafa gramsele. Dachbett wo rede! Bisch äch söfel müed, dass de scho so Züg zämespinnsch?

«Dass die nid merke, dass mer wette usgwächslet wärde?», ghören ig wider Stimme.

«Ja. Derby tüe mer doch Nacht für Nacht so nes Zettermordio abla, dass me chönnti meine di Zwöi chönnte nid ei Minute es Oug zuetue.»

«Aber de pfuuse si de glych einigermasse. O we si am Morge e chli grederet sy.»

«U mir sy o ganz kaputt, wil mer di halbi Nacht dür grüttlet u gschüttlet u drückt u zoge hei.»

So isch das wyter ggange. Un i ha mer du mit der Zyt chönne zämesetze, was di zwo Stimme i däm Schlafzimmer inne z bedüte hei.

Di wyblechi Stimm heisst schynbar Flurina. Di Männlechi Andri. So säge si ömel enand. Si chöme usem Dachbett. Gnau gno usem Dachbettüberzug. Dert druffe sy nämlech zwe Steiböck abbildet. U die heisse schynbar Andri – är ligt normalerwys uf mym Bett – u Flurina. Si ligt ufem Bett vo myre Frou. U di Beide hei sech gärn. Si sy aber sehr truurig. Wil – u das chan ig einigermasse nachvollzieh – si sech sehr sälte chöi gseh. U je nachdäm sech o nid chöi berüehre.

Eh ja. We mir bettet hei, de sy di beide Steiböck uf der Dachbettrolle u luege gäge d Tili ueche. Berüehre tüe si sech nid. U i der Nacht lige si o näbenand. Meischtens berüehrigslos.

I ihrer Liebesverzwyflig hei si drum öppis usdänkt. U das het mer du d Äckehaar no grad einisch gstellt! Si hei nämlech gseit, dass si so öppe ab der Mitti vo der Zyt, wo si vermuete uf dene Bett müesse z lige, all ihri Chreft ufbringe, für während der Nacht d Dachbett geng z schüttle, z rüttle u hin u här z zieh. Mit der Folg, dass mir unruehig schlafe, schwitze u de ds Gfüehl hei, ds Wächsle vo der Bettwösch wäri älwä wider einisch nache.

U we de das Ziel erreicht isch, de wärde d Flurina u der Andri suber gwäsche i Schaft yne gleit. Ufenand. U so chöi si sech de äntleche wider ganz nach sy. O wes fyschter isch. Das macht ihne schynbar weniger us als we si i der Heiteri näbenand müesse lige u sech wäder chöi gspüre no chöi gseh.

My Frou un ig hei du beschlosse, die Flurina u dä Andri im Schaft la z lige u hei nes nöji Bettwösch gchouft. Bettwösch mit emene ghüselete Muschter. U syt denn schlafe mir vil besser.

D Flurina u der Andri lige wyterhin i üsem Schaft. Ufenand. Zwüschyne tüe mer se öppe einisch uslüfte u wösche. O we mer se nümme bruche.

Schlafet dir o öppe einisch schlächt? De lueget doch öji Bettwösch einisch e chli gnauer aa.

# E fule Cheib

Es git scho fuli Cheibe, han i dänkt, won i dä Strasse-wüscher gseh ha, wo jetze schynbar i üsem Quartier söll für Suberkeit sorge. Är isch nöi hie. I ha ne ersch drü, vier Mal gseh. Aber das het glängt, für mir my Meinig z bilde: E fule Cheib!

I bi süsch nid hurti eine, wo sech vorschnäll Meini-ge bildet. U scho gar nid, wes drum geit, ds Tue vo öpperem z beurteile. Aber bi däm junge Maa hets nid vil brucht für z gseh, was Sach isch. Är wärchet im Zytlupetempo. Wen er mit em Bäse wüscht, chönnte me als Zueschouer fasch yschlafe derby. U wen er sy Chnebel füre nimmt für öppis vom Bode ufzpicke de gfätterlet er mit dere Chralle am Bode desume dass me chönnti meine, är wölli mit däm Papierli z ersch no e chli ganggle, bevor ers i sy Chare gheit.

Mischtful so eine!

Eigetlech müessti me diräkt zu ihm u ihm d Levite läse. Schliesslech, für was zahlt me de Stüre? Für ds Fuultue mues me settig de nid no zahle.

Das passt grad! Der Chef vom Wärchhof chunnt z loufe. Suecht er sy Zytlupewüscher? Jetze mues dä grad wüsse, was er für ne Globi aagstellt het. Jetze isch grad Glägeheit, däm einisch z säge, dass er sym Aagstellte söll Dampf underem Hindere mache.

«Grüessech Herr Meier. Darf i öich ...»

«E schöne guete Morge wünschen i öich, Herr ...», seit dä Chef fröhlech. «Entschuldiget, aber öie Name fallt mer jetze grad nid y.»

«Müller. Fritz Müller.»

«Ah ja, genau. Herr Müller, dir heit mi öppis wölle frage?»

«Nid frage. Nei, bemerke. Ja, bemängle sogar.»

«De nume hü. I bi geng z ha, we öpper Mängel vorzbringe het. Verbessere cha me sech geng, gället?»

«Sicher. U hie gsiech i Potential. Es geit um e nöi Strassewüscher i üsem Quartier.»

«Was isch de mit em? Benimmt er sech nid guet? Oder putzt er nech zwenig suber?»

«Nei, d Büez won er macht, isch guet. Da gits nüt z chlage.»

«De bin i froh. Wüsst er, d Lüt sy nid geng glycher Meinig, was d Suberkeit aageit. Für di Einte isch es no gly einisch suber gnue, für di Andere müesstis fasch chemisch rein sy. Rächt mache cha mes da nie. Aber das bin i mer gwahnet. Was bemänglet dir aber de a däm Maa? Isch er unfründlech?»

«Nei, o das nid. Är grüesst u isch fründlech.»

«Guet! De isch ja scho einiges abghägglet, wo öppe zu Bemerkige füehrt. Aber was isch es de, wo öich schynbar stört?»

«Är isch ... – e fule Cheib – so jetze isch es dusse!»

«Ja, da mues i öich – ömel we mes vo usse aaluegt – sogar rächt gä. Är schynt, wie dir däm säget, e fule Cheib z sy.»

«De sy mir ja glycher Meinig. De gahn i dervo us, dass dir ihm einisch e chli Füür under em Hindere wärdet mache, damit er sech so bewegt, wie me das vomene Strassewüscher öppe gwahnet isch?»

«Nei, vo däm chöit dir nid usgah. I wirde mit ihm über öji Meinig nid rede.»

«Ja aber, jetze heit dir doch grad gseit, dir syget glycher Meinig, wien ig.»

«I ha gseit, är schyni, wie dir däm säget, e fule

Cheib z sy. I ha nid gseit, är sygi eine. Wil ärs äbe o nid isch.»

«I chume nümme drus ...»

«Das verstahn i. Derby isch es ganz eifach. Dä Maa isch invalid. Är het e schwäre Unfall gha u het lang nid chönne ga wärche. Won er du einigermasse wider zämegflickt isch gsy, het me gseh, dass er nume no während emene halbe Tag cha Leischtig erbringe. Är het du e Halbtagsjob inere Fabrigg gfunde. Das het derzue gfüehrt, dass er mit em andere halbe Tag nüt het gwüsst aazfa u drum em Alkohol het aafa zuespräche. Öpper, wo bi mir wärchet, het mi gfragt, öb mir ihm nid chönnti hälfe. Das han i du. Mit ere spezielle Regelig. Är wärchet, vo der Presänzzyt här, hundert Prozänt. Leischte chan er während dere Zyt aber nume füfzg Prozänt. Drum isch er langsam u brucht Zyt. Choschte tuet er – u das isch ja öppe das, wo der Stürzahler meischtens interessiert – o nume füfzg Prozänt. Die anderi Hälfti übernimmt d IV.»

«Das han i nid gwüsst. Tuet mer leid.»

«Ja, gseht er. Das isch wie bi vilne andere Sache o. Ersch we me hindedra gseht, sötti me sech es Urteil bilde. Übrigens, dä Maa het z ersch es Jahr mit öpperem zäme imene andere Quartier gwärchet. Zur Zfridenheit vo allne. U jetze het er sälber dörfe es Quartier übernä. Un är isch mächtig stolz druf, dass ig ihm das zuetrout ha. I wäri froh, wen er das Vertroue o vo de Aawohner würdi übercho. Hälfet er ihm derby?»

«Natürlech ...», ghören ig mi no säge.

Du bin i hei u ha mi entschide, dass ig de däm Strassewüscher nächschts Mal, wen ig ne gseh, es Gaffe wirde bringe.

# Der Ignaz

Me gseht ne chuum meh uf der Strass, der Ignaz. Das isch früecher anders gsy. Früecher isch er öppe no umenand gloffe, het öppe einisch inere Beiz es Bierli gnähmiget oder isch für uf d Arbeit z gah zum Bahnhof gschuehnet.

We me weis, warum dass er sech zruggzoge het, de versteit me ne. Aber äbe: Das weis chuum meh öpper. U wenn, de würdi sis verdränge. Wil me sech vilich sogar e chli würdi schäme. Aber zuegä würdi das natürlech niemer.

Was isch de aber passiert?

Der Ignaz isch binere Bank aagstellt. Z Bärn. I welere, weis eigetlech niemer gnau. U das wäri o nid wichtig. Der Ignaz fahrt also jede Tag uf Bärn u chunnt am Aabe wider hei. Wohne tuet er inere chlyne, aber no härzige Wohnig. Är wohnt elei. Syt Jahrzähnte. U vom Alter här weis me nid so ganz genau, wohi dass me ne sötti yreihe. Füfzgi isch er älwä scho. Vilich sogar e chli drüber. Sys Gsicht zeigt Läbesfurche. Verständlech, bi all däm, won er düregmacht het.

I ha einisch Glägeheit gha, mit ihm e chli z dorfe. Spät am Aabe anere Bar. Mir hei beid scho gnue Bier gha, dass es nes d Zunge e chli glockeret het. U das hets brucht. Ömel bim Ignaz. Är isch süsch nämlech gar nid gsprächig. Är seit chuum öppis u hocket, wen er under de Lüt isch, i der Regel imene Egge u luegt dert de Lüt zue.

Wo mir äbe du no es Bier bstellt hei, het er aafa verzelle. Är sygi i der Oschtschwyz ufgwachse. Heigi nid e liechti Jugend gha. Sy Vatter sygi e agressive

Alkoholiker gsy u d Mueter heigi gstündelet. E explosivi Mischig, wo ihn – är sygi einzig Chind gsy – geng zwüsche d Fronte bracht heigi. Der Mueter z Hilf cho, we der Vatter heigi blöd ta gäg se un em Vatter zuerede, wen er albe wider e Verrückti heigi gha. Das sygi nie liecht gsy u der Vatter heigi ihm sys Zuerede öppe einisch mit Handgryfflechkeite quittiert. Meh het er drüber nid wölle verzelle. Ja, u de sygi er i d Lehr. Är heigi e wunderbari Lehrstell gha. Mit emene verständnisvolle Lehrmeischter u mit hilfsbereite Mitarbeiter. Es sygi di schönschti Zyt gsy i sym Läbe, het er verzellt. Wil du äbe – churz nach em Lehrabschluss – sy Zuekunft mit eim Schlag gänderet heigi. Definitiv u für geng.

Är heigi no deheime gwohnt, wo di Chrankheit heigi aagfange. Z ersch heig er e heftegi Grippe gha. Die sygi du abklunge. Aber nume für ne Wuche. Du heigi er Chopfweh, Muskel- u Gliderschmärze übercho. D Eltere heigi natürlech nüt wölle wüsse für zum Dokter. Ersch won er du nümme zum Bett us heigi chönne, heigi me der Husarzt la cho. U dä heigi du feschtgstellt, dass er Chinderlähmig heigi.

Es sygi du e langi Zyt ggange, bis dass er wider einigermasse ufem Damm sygi gsy. Aber äbe, guet, wien ig wüssi, sygis nümme cho. Blybendi Schäde tüeji ihn syt denn begleite. Är heigi ständig Rüggeweh u mit em Rede ... Da het er du nümme gseit.

Sy Sprach het äbe o glitte under dere Chrankheit. Verstah tuet me ne zwar scho. Aber me mues guet härelose. U me mues sech o Zyt näh, wil er nume no langsam cha rede. Drum redt eigetlech o niemer mit ihm. Wil me mit ihm schlächt über Gott u d Wält cha diskutiere. Obwohl er eigetlech e sehr beläsene Maa wäri. Aber äbe, we me uf Antworte lang mues warte, cha ke rächti Diskussion entstah u drum het sech o niemer Zyt gno, mit ihm i di Langsamkeit z gah.

U o sys Gsicht het glite under dere Chrankheit. Äs isch e chli verzerrt. Das würdi aber eigetlech nüt mache. Aber dass es zwüschyne usem rächte Mulegge söiferet un ärs nid geng grad merkt, het halt mänge e chli gruset.

We der Ignaz desumelouft, gsehts us, wie wen er z vil Alkohol trunke hätti. Är torklet im Züg desume u brucht mängisch di ganzi Trottoirbreiti für sech vorwärts z bewege. Wär ne nid kennt, meint är sygi ständig volle. Umgheit isch er aber nie. U bis vor churzem het er o kener Hilfsmittel wölle. Nid emal e Stäcke het er aagno. So het mes ömel vom Umfäld vo sym Dokter här ghört.

Der Ignaz isch also, wen er vorusse isch gsy, mit syre Fortbewegigsart ufgfalle. Aber gstört het er niemer u gstört hets o niemer. Bis denn, wo du äbe das passiert isch, wo ihn zum Rückzug bewoge het.

Är isch a däm Aabe sys gwohnte Bier ga gnähmige, isch hinde a der Bar ghocket, mit em Rügge a der Muur.

Du chöme drei jungi, de Stammgescht nid bekannti Manne, yne. Si sy a d Bar, näbe Ignaz, ghocket u hei Schnaps bstellt. Eine vo dene het du der Ignaz aaghoue u dä het – mit syre artige Stimm – gantwortet. Di Drei hei ne usglachet u hei ne aapöblet.

Der Ignaz het zahlt u het wölle gah. Du isch ihm eine vo dene Dreine i Wäg gstande u het vo ihm gforderet, dass er sys Mul sölli putze, bevor er mit so ehrbare Manne redi. Der Ignaz het ds Mul putzt. Aber das het nid glängt. Di drei Manne hei es dankbars Opfer gha, für sech luschtig z mache drüber. Aber nid nume verbal. Si hei ne o desumegstüpft. Si hei ne vom einte zum andere wyterggä. Geng im Kreis um. U si hei glachet derzue.

Wo du der Wirt gmerkt het, was da abgeit, het er di drei Manne bbätte, ds Lokal z verla. Das hei si du o gmacht. Churz drufache isch o der Ignaz zu der Beiz us.

Was nächär gscheh isch, wüsse der Ignaz, di drei Manne – u no vier vo de Stammgescht vo dere Beiz. Vier, wo sechs nid hei wölle la näh, ga z luege, was di Drei mit em Ignaz no im Sinn hei.

Di Plagerei isch dusse schynbar wyter ggange. Wo di Drei gseh hei, wie der Ignaz louft, hei si gmeint dä sygi volle, hei ne usglachet u hei ne nume no meh gföpplet. Hei ne wider hin u här gschobe u das isch du sowyt ggange, bis dass der Ignaz – nach zimlech langer Zyt – vor Müedi, vor Schmärze u vor Gstürni umgheit isch.

D Manne hei ne du ufgforderet ufzstah. Wil das bim Ignaz nid so ring isch ggange, hei si ne du e chli gstüpft. Z ersch nume so gingget für nem z säge, är sölli vorwärts mache. Won er du fasch uf syne waggelige Bei isch gstande, het ne eine vo dene wider gmüpft u du isch er wider umgheit. U di Drei hei fei e chli lang ds Goudi gha a däm torkelnde Ignaz.

Wo du aber d Fuessstiche stercher sy worde, isch es doch du eim vo de Stammgescht i Sinn cho yzgryffe. Är het das Drama gstoppet u zäme mit de Andere hei si du äntleche di Drei vertribe.

Wo si em Ignaz hei wölle ufhälfe, hei si gmerkt, dass dä ke Chraft meh het gha für ufzstah. Du hei si d Ambulanz la cho u hei d Verantwortig de Rettigssanitäter überla.

Si sy du wider i d Beiz zrugg u sy ga verzelle, was si alls gseh heige u wie si ygriffe u di Drei verjagt heigi. Hei plagiert, dass ohni si der Ignaz älwä no vil schlächter zwäg wäri. U schlussändlech hei si sech sogar als Helde ufgspilt.

Bis dass du e andere Stammgascht, wo ersch später i d Wirtschaft isch cho, ds Drama a der Bar u vorusse also nid mitübercho het, d Frag gstellt het, warum me de nid vo Aafang aa ygriffe heigi. Me heigi ja gwüsst, was der Ignaz für eine sygi u dass sech dä chuum gäge settegi Lüt heigi chönne wehre.

Di Plagörige sy du e chli tuch worde. Aber nume ganz churz. Si hei du ds Thema gwächslet u di ganzi Sach vergässe.

Vergässe het se aber eine nid. Der Ignaz. Är isch wohl wider zwäg cho. Aber vo denn aa het me ne nume am Morge no gseh ufe Bahnhof loufe. U am Aabe vo dert gäge hei. I ds Dorf ga nes Fyrabebier trinke het me ne syt däm Vorfall nie meh gseh.

Vilich gahn i einisch zu ihm hei für e chli mit ihm ga z brichte. Vilich würdis ne fröie.

# Zivilcourage

Nid nume myner Händ zittere. Nei, der ganz Körper hudlets. Der Mage rumplet wie ne Wöschmaschine u übere Rügge ab schynt e Bach z loufe. Ömel so gspüren igs. Der Puls rast un i überchume fasch ke Luft meh.

Zum Glück isch dä Zämebruch ersch jetze cho – u nid scho vori. Vori, won i äne bi de Andere bi gsy.

U usgrüeft ha! Usgrüeft, wien igs no nie gmacht ha.

No nie gmacht ha, wils mir ganz u gar nid ligt, luti Wort z bruche. I bi ja ehnder schüch. Was heisst ehnder? I bi schüch. Es fyns, verstüpfts Huscheli. Ömel so nähme mi di andere i üsem Betrieb wahr. I egge niene aa, ha ke spezielli Meinig u nicke meischtens mit der Mehrheit, wen i zumene Thema gfragt wirde. I ghöre i däm Betrieb scho fasch zum Inventar. U so wirden ig o behandlet. Me weis, dass i Erfahrig ha, me schetzt my Kompetänz u Zueverlässigkeit. Säge tuets zwar niemer. Aber o ds Gägeteil zeigt me mer nid. Me brucht mi eifach u me weis, dass i da bi, we me öpper brucht. Aastandslos machen i my Arbeit. Still u ordentlech, wie sechs ghört.

Bis vori. Bis vori isch das eso gsy. Vori han i aber usgrüeft. Ha müesse usrüefe.

U jetze, won i mi afe e chli abgregt ha, merken i, dass es guet ta het. Wil i äntleche ha chönne säge, was mi scho lang dünkt het. Was mi a däm Maa scho lang gstört het. Am Felix, däm Ufschnyder. Däm Blöffsack. Däm, wo di junge Tüpfi i üsem Betrieb nacheglüschtele, wie we dä wär weis nid was wäri. Derbi isch er nume e eifache Aagstellte. Wo sech aber benimmt, wie wen är der Chef wäri.

U das Benäh imponiert älwä dene Froue. Zwüsch-
yne verzellt er dene, was er über ds Wuchenändi alls
gmacht het. Gleitschirmle tuet er schynbar. U Fall-
schirmspringe. U süsch no so Züg, wo dene Froue
enorm Ydruck macht. Mi eklet das ehnder aa.

Bi syne männleche Kollege egget er aa. Nid nume,
wil ers gniesst, vomene Teil vo de Froue aaghimmlet
z wärde. Nei, er putzt syner Kollege ab, wos nume
geit. Mit der letschte Konsequänz nützt er jedi Glägge-
heit für se schlächt la uszgseh. Luegt ständig, was si
mache u suecht vor allem das, wo si lätz mache. Der
chlynscht Fähler posunet er luthals im Betrieb des-
ume. Ohni jeglechi Rücksicht.

Ihm entgäge z ha getrout sech fasch niemer. Wil er
äbe halt glych irgendwie rächt het mit syre Kritik.
We öpper de glych motzet, de fragt der Felix ne ei-
fach, öb das ke Fähler sygi gsy, won är grad gmacht
heigi. Dermit nimmt er jedem Gägner der Wind us de
Segel, bevor dä se gsetzt het.

Sys grossgchotzete Tue het mer je lenger je meh
abglösche. U meh als einisch hätti ig ihm das gärn
gseit. Aber äbe. I ha mi nie getrout. Wils mir nid ligt,
z motze. Wil i z schüch u z schwach bi für ihm entgä-
ge z ha.

Jetze hets aber müesse sy!

U zwar wäge däm.

Der Felix un i hei der glych Heiwäg. Ömel e grös-
seri Strecki. U mängisch loufe mir dä o mitenand.
Wes geit, probieren ig ja sonere Situation usem Wäg
z gah. Aber das glingt nid geng. Un i wott ja o nid
unhöflech sy.

We mir zäme gäge hei loufe, de benimmt sech der

Felix aber so, wien er sech o im Betrieb benimmt. Är kritisiert. Teilt us, stänkeret u wyst z rächt.

We mir düre Park loufe u zum Bispiel e Gruppe jungi Giele zäme gseh stah, de achtet er pinlech gnau, öb die nid öppe Ghüder lö la gheie. U wenn, de geit er zuene, stucht se zäme, befihlt ne, dä Dräck zäme z läse u wartet bi ne, bis si sy Befähl usgfüehrt hei. Zum Schluss list er ne de albe no d Levite, dass me chönnti meine für d Erziehig vo der hüttige Jugend sygi nume är elei zueständig.

O bi de Ample zeigt er sys rächthaberische Tue. We öpper bi Rot über d Strass louft, de rüeft er däm luthals nache, dass das verbotte sygi. Dass er e Buess z gwärtige heigi u dass er kes Vorbild für di Junge sygi. U we de däjenig nid scho verschwunde isch, de springt er ihm – sobald dass es grüen isch – nache, schnydet ihm der Wäg ab, steit vor ne häre u erklärt ihm klipp u klar, was er über Settegi dänkt, wo bi Rot über d Strass loufe.

U we öpper mit em Velo ufem Trottoir entgäge chunnt, geit er nid uf d Syte. Im Gägeteil. Är steit so ufem Trottoir, dass der Velofahrer mues abbrämse u aahalte. De kapitlet er ihm, warum ds Fahre mit em Velo ufem Trottoir nid gstattet sygi. U we de der Velofahrer Aastalte macht, wyterzfahre, de packt er ds Velo am Gepäcktreger u wartet, bis der Velofahrer abgstige isch u louft. De rüeft er dämjenige no einisch luthals sys Vergehe nache. Ere wildfrömde Person. Eifach so. Gredi use u volles Rohr.

Es isch verzwickt. Eigetlech het er ja i allem rächt. Es isch lätz, we me Ghüder eifach ufe Bode lat la gheie. Un es isch lätz, we me bi rot über d Strass geit.

U o velofahre ufem Trottoir sötti me nid. Aber me mues doch nid jedes Mal, we öpper so ne Fähltritt macht, grad usrüefe, massregle u sech uffüehre, wie we me Moralaposchtel u Polizischt i eim wäri.

Aber geschter, geschter isch er äbe du a Lätz cho. U das isch der Grund, warum i hütt am Morge usgrüeft ha.

Mir sy nach em Fyrabe wider zäme hei gloffe.

Mir hei ne scho vo wytem gseh, dä elter Maa. Är het e chli e verwahrloste Ydruck gmacht. U grad allzu suber het er o nid usgseh. Vilich e Obdachlose, han i dänkt. Dä Mano isch dranne gsy, e grosse Ghüderchübel mit emene Stäcke u mit de Händ z undersueche. E Teil vom Ghüder het er scho näbe Chübel gheit gha.

Der Felix isch wie ne Furie zu ihm gstoche: «Was machsch du da?», het er ne aaghässelet u mi het erstuunt, dass der Felix dä Maa grad duzt het.

«Nach was gsehts us?», het der Maa erstunlech ruehig gfragt.

Das isch du bim Felix nid guet aacho. Lut het er grüeft: «So ne Schweinerei dulden ig nid. Tue dä Ghüder sofort wider i Chübel zrugg. Aber subito!»

U wil dä Maa kener Anstalte troffe het, em Felix z folge, het dä ihm probiert, der Chnebel us de Fingere z rysse.

Der Mano het dä Stäcke mit beidne Händ fescht gha, het em Feix i d Ouge gluegt u geng no ganz ruehig gseit: «I würdi nid. Es chönnti nech weh tue. U das wett ig de eigetlech nid.»

«Was fallt dir y, mir z widerrede. Du gisch mir jetze sofort dä Chnebel u gheisch dä Ghüder wider i

Chübel zrugg. Verstande?» Si hei beid am Chnebel zoge u ne hin u här dräit.

«Verstande han ig nech scho. Nume chan i no grad nid. I sueche nämlech öppis. I ha ...»

Wyter isch er nid cho. Der Felix het nämlech grüeft: «E Lugihund bisch. Was cha me äch imene Ghüderchübel sueche, he? Du schwindlisch mi aa. Un i säge der: Mach das nid no einisch! Loos jetze. Yrume!» Der Felix het fasch überdräit u het a däm Chnebel gschrisse, wie wes um weis nid was giengi.

Sys Gägenüber het der Chnebel aber fescht gha. U du ruehig gseit: «I ha nech gseit, dir söllet la gah. Wils chönnti weh tue. Dir weits aber schynbar nid anders.» Du hets churz gräblet. Nume churz. Aber heftig. Wie dass es gnau ggange isch, chan i nümme säge. Aber schnäll uf all Fäll. Der Felix isch uf z Mal am Bode gläge. Uf em Rügge. Mit ere gäbige Schramme über der Stirne. Der Maa het sy Fuess ufe Bruschtchorb vom Felix gstellt gha.

«Das hätti nid müesse sy», het er ihm vo obe ache gseit. «Aber dir heits nid anders wölle.»

«I zeige nech aa. Dir heit mi aagriffe, ohni dass i öppis gmacht ha. Dir syd gwalttätig. Öich mues me verrume. Gsindel! Soupack!» Sogar am Bode, ufem Rügge, ygchlemmt vomene schwäre Bei, het der Felix nid Rueh ggä. Wen i mi hätti getrout, de hätti glachet.

«Isch es jetze guet oder weit er no en Abrybig?» I ha gstuunet, dass dä Maa geng no ruehig isch gsy.

U gstuunet han i o über d Flinkheit vo däm eltere Maa. Wie blitzschnäll dass dä, der doch o no rächt sportlech Felix, ufem Rügge gha het.

«Weit er wider uf?» Der Maa het aaständig gfragt.

Der Felix het nüt gseit. Wo der Maa der Fuess vom Bruschtchorb het gno, isch der Felix ufgstande. Är het sech Müei ggä z verstecke, dass ihm Verschidnigs weh ta het.

«Aber dä Ghüder ghört wider i Chübel!», het der Felix geng no gmöffelet.

«Natürlech. Aber ersch wen i fertig bi mit sueche.»

«Heit dir de öppis verlore?», wagen i mi ihn z frage.

«Ig nid. Aber my Frou. Mir sy dä Namittag hie ghocket u hei zäme öppis ggässe. Der Abfall hei mer ...» du het er der Felix aagluegt «... wie sechs ghört, i däm Ghüderchübel entsorget. Deheime het my Frou gmerkt, dass si mit em Ghüder älwä o ihre Fingerring entsorget het. I ha du di wüeschteschte Gartechleider aagleit u bi hie häre cho für z luege, öb das eso isch.»

«Aber dä Ghüder ghört wider i Chübel!», möffelet der Felix no grad einisch.

«Isch das öie?», het mi der Maa gfragt u dermit älwä gmeint, öb das my Maa sygi.

Won i der Chopf gschüttlet ha, het er gseit: «Schwein gha, gället? Das sy gnietigi, di Settige! Meine si syge di Gröschte. U di Einzige, wo wüssi was sech ghört. Si merkes aber nid, we me se warnet u lige nach emene churze Judowurf ufem Rügge – u wäffele geng no. Unverbesserlechi Matchos sys, di Settige.» Du het er sy Stäcke gno u wider im Ghüderchübel grüblet. Beachtet het er nes nümme.

I bi wytergloffe. Im Schlepptou der Felix, wo e chli ghimpet het u d Schramme am Chopf mit emene Papiernaselumpe het probiert zuezdecke.

U vori isch er äbe ynecho i Gmeinschaftsrum, der Felix. Het no geng ghimplet. Am Chopf het er es grosses Pflaschter treit, wo grad sofort d Ufmerksamkeit u ds Bedure vomene Teil vo de wybleche Aagstellte usglöst het.

Du het er aafa brichte. Wien er vo drei Schleger sygi überfalle worde. U se all drei verdrosche heigi. Nach allne Regle vo der Kunscht heig er dene ggä. Di wärchi hütt uf all Fäll ke Streich u wärdi Tage, we nid Wuche bruche, bis si sech erholt heigi. U we der Eint nid no mit emene Basketballschegel usgrüschtet wäri gsy, hätti är, der Felix, kes Chräbeli dervo treit. So het er blöffet u d Froue hei gstuunet.

U du hets mer glängt!

«Halt jetz eifach einisch di grossi Schnure, Felix», han i mi vo wytem ghört säge. «Du bisch ganz eifach e elände Blöffsack un e grüüsleche Lugihund. Nüt, aber de o grad gar nüt stimmt, vo dyne Heldetate, wo du üs wosch under d Nase rybe.»

Der Felix isch bleich worde u het mer wölle ds Wort abschnyde.

«Klappe zue!», han ig mi ghört rüefe. «I will nech jetze verzelle, wies ggange isch. Mir sy geschter am Aabe gäge hei gloffe. U du hesch es einisch meh fertig bracht, öpper aazkläffe, wo sech schynbar nid eso benoh het, wie sech das der Felix vorstellt. Du elände Egoischt. Du Narziss!» U du han i allne verzellt, wien er dä Maa aagmofflet het, wie dä ne aaständig gwarnet het u wie der Felix am Schluss wie ne Chäfer ufem Rügge gläge isch.

«So isch es gsy. Un i dänke, der Felix wird nes ab sofort nume no verzelle, was würklech gscheh isch.

Wird sech zrugg näh bim Kritisiere vo anderne. Wird o rücksichtsvoller sy im Umgang mit Mitmönsche. Wie mir das i üsem Betrieb alli sy. Oder nes wenigschtens Müei gä, so z sy. U wen er nid eso tuet, de forderen ig alli Aagstellte uf, ihm d Stange z ha. Es cha nid sy, dass sech bi üs eine d Freiheit nimmt, elei z bestimme, was guet oder schlächt söll sy oder sech d Frächheit nimmt, eim ständig für gmachti Fähler z kritisiere. Fähler mache mer alli. O du, Felix! U das dörfe mer o. Aber dy Kommentar isch künftig nümme gfragt. Heit er alli verstande was i meine? De isch es ja guet.» Du han i mi umdräit u bi a my Arbeitsplatz ggange.

U jetze fragen i mi, was äch myner Arbeitskollege über mi wärde dänke. Nach so emene unerwartete Usbruch vo mir. Nach em Blosstelle vom Felix. Wärde si mi äch ...?

# Bärglouf

Syt Jahre gahn i a dä Bärglouf. Nid öppe als Teilnäh-
mer! Um Gotts Wille nid! Ds Springe ligt mer nid. I
has ehnder gärn gmüetlech. Aber hälfe tuen i dert.
Syt Jahre. U syt Jahre geng am glyche Ort. Am Ziel.
Bim Umsorge vo de erschöpfte Löifer. Hür zum füfe-
zwänzgischte Mal.

Dä Bärglouf isch nid e Aaspruchsvolle. Es isch
ehnder e Volkslouf. Also nid so verruckt wie ne
Jungfrou-Marathon. D Teilnähmer sy drum de o vor
allem Lüt, wo zwüschyne einisch wei luege, öb si
konditionell no nid allzu wyt im Hinderträffe sy. Dä
Louf wird also für gwöhnlechi Löifer aabotte. Spitze-
löifer verirre sech nid dahäre. U glych: Grad eifach
nume a Start gah u e chli desumeträppele cha me de o
nid. Wies der Name Bärglouf seit, geits obsi. Das
brucht e chli öppis u am Ziel gseht me äbe der Eint
oder Ander, wo sech überno het. U für die bin ig, zä-
me mit ere andere Hälferin, zueständig.

Da gseht me mängs! Un es chöme o gueti Gspräch
z stand. Meischtens gar nid übere Louf sälber, son-
dern über ganz persönlechi Sache. We d Lüt uspum-
pet sy u zimlech vo de Resärve müesse zehre, de chöi
si durchus no gsprächig sy. Aber de meischtens über
ds eigete Befinde.

Syt öppe zäh Jahr louft eine mit, wo üs beide scho
vo Aafang aa isch ufgfalle. Är isch scho denn zim-
lech alt gsy. U het o nid gsund usgseh. Beimager, es
ygfallnigs Gsicht, spindeldürri Bei u Arme, wo me
nid chönnti vermuete, dass die no Muskle hei. Är het
usgseh, wie wen er chrank wäri, dä Mano. Schwär
chrank.

I mag mi no guet erinnere, won är, nachem erschte Zielylouf, bi üs im Zält isch erschine. Mit hochrotem Gsicht isch er cho z plampe. Gseit het er nüt. Isch eifach i ds Zält yne gstoglet u het sech uf ene vorbereiteti Pritsche gleit. I ha ne denn gfragt, öb ig ihm chönni hälfe u öb ig ihm öppis chönni gä. Är het nume mit der Hand e Strich i d Luft gmacht u sys Zeiche isch unschwär z düte gsy. Mir hei ne du dert la lige u hei glychwohl es Oug ufne gha. Nach öppe ere Halbstund isch er ufgstande, het danket u adiö gseit. Süsch nüt.

So het er das all di Jahr dür gmacht. Geng der glych Ablouf. U nach es paar Mal hei mir du o nümme gfragt, öb mer öppis chöi hälfe. Hei ne eifach begrüesst, ne la lige u hei ne o wider verabschidet.

Hüür isch es aber e chli anders gsy. Nid dass dä Ruedi – mittlerwyle hei mer ja chönne bhalte, wien er heisst – nid i ds Zält wäri cho. Nenei. A däm Ablouf het nüt gänderet. Aber der Ruedi het no schlächter usgseh, als di andere Jahr. Klar, är isch ja o elter worde. Aber das isch es nid gsy. Är het statt rot, bleich usgseh. Es Alarmzeiche für üs. Drum bin ig zu ihm ghocket. U wil grad nüt Bsunders isch gloffe, bin i e chli bi ihm bblibe. I ha ihm d Hand gno, wil mi irgendwie dünkt het, dass er das chönnti bruche. Un er het se nid zrugg zoge.

Nach emene Zytli han ig ne gfragt: «Hesch di e chli überno?»

Är het nume der Chopf gschüttlet.

«Aber zwäg bisch nid, gäll? Bisch bleich.»

Ganz lysli het er fürebrösmelet: «Mir fählts im Gring.»

«Wie meinsch das?», han ig ne gfragt u ha fasch e chli müesse lächle ab dere Ussag. Si het äbe nid grad zu der Situation passt.

«I spinne!», macht er.

Un i bi druff u dranne gsy, ihm das z bestätige. Wils würklech schlächt isch, we öpper mit ere settige Gsundheit dä Louf macht.

Gseit han i du aber: «We öpper spinnt, fats meischtens im Gring aa.»

Är het glächlet u mit däm Lächle isch der Damm broche gsy. Är isch müehsam ufgchnorzet u het sech ufe Rand vo der Pritsche gsetzt. Mit syne Händ het er sech druffe abgstützt u het d Bei e chli la plampe.

«Hütt isch ds letschte Mal, won i di Tortour mitmache.» Är lächlet, wie wen er sech würdi fröie.

«Magsch nümme?», han ig ne gfragt. Ehnder für eifach öppis z säge, als für der Gwunder z stille.

«I mag eigetlech scho lang nümme. Aber jetze isch äntleche fertig. Äntleche zäh Mal. U jetze finito!» Är lachet sogar.

«Hesch de e Wett verlore, dass du zäh Mal da ueche gsecklet bisch?»

Är würkt nachdänklech. Wartet mit ere Antwort. I gseh, dass er sech schwär tuet, drüber z rede. Drum warten i u hoffe, dass er sech wird üssere.

Nach emene Zytli isch es du sowyt: «Weisch, i bi vor elf Jahr mit myre Frou a dä Louf ggange. Mir hei das no nie gmacht gha, Bärglouf. U grad allzu sportlech sy mer denn o nid gsy. Hei aber irgendwie dänkt, üsere Beziehig tätis guet, we mir mitenand so öppis Speziells chönnte mache. Zäme uf dä Bärg ueche springe. Nid jedes für sich. Mitenand. Das isch

ds Ziel gsy. Mitenand öppis mache, wo me nid so ei-
fach macht. U so sy mer a Start. Hei nes ueche-
kämpft. Sy zäme obe dür ds Ziel gloffe – u sy nes hie
yne cho erhole. Mir sy total uspumpet gsy. Aber o
stolz sy mer gsy. U hei Fröid gha, dass mer di Lei-
schtig i üsem Alter no hei chönne erbringe.»

Jetze luegt der Ruedi vor sech ache u fahrt lysli
wyter: «U du hei mer nes hie obe versproche, dass
mer das no zäh Mal gmeinsam wölle mache. Wils
üser Beziehig guet ta het. – Ja, u du isch es halt du
anders cho. My Frou isch churz vorem nächschte
Start gstorbe un i bi elei gloffe. Jedes Jahr elei. U nie,
aber o gar nie dür ds Jahr dür isch mer my Frou so
nach gsy, wie a däm Bärglouf. Drum bin i jedes Jahr
wider cho. Hütt zum zähte u äbe zum letschte Mal. I
ha mi jedes Jahr hie ueche quält u ha mer jedes Jahr
gseit, i sygi doch e Lööl u gsund sygi das ja de o nid.
Aber jedes Mal, we dä Louf wider isch nache gsy,
han i gwüsst, dass i no einisch gah. Nid wägem Louf.
Wäge der spezielle Nechi zu myre verstorbene Frou.
Es Gfüehl, wo me nid cha beschrybe. Nume erläbe.
U jetze sys zäh Mal syt denn. Es elfts Mal wirds
nümme gä. D Dökter hei mers eigetlech scho vor
zwöi Jahr verbotte. My Gsundheit löji das nümme
zue, hei si gseit. I ha aber myre Frou no wölle nach
sy. Gsundheit hin oder här. Wil si jetze o nümme
mitchiem, bruchen i o nümme z cho.»

Är isch vo der Pritsche ufgstande, het sech zum Us-
gang bewegt, churz zrugg gluegt u no gseit: «Danke
vil Mal, dass dir all di Jahr zue mer gluegt heit. U
danke, dass dir nie gfragt heit.» Du dräit er sech um u
louft langsam zum Zält us.

# Tourefahrer

Wes settegi Tage nid gieb, me müesst se erfinde. Der Himel strahlet mit der Sunne um d Wett. Kes Lüftli blast u d Bärge kokettiere mit ihrem Schnee grad so, wie wes e Wettbewärb z gwinne gieb. Churz: Es isch e Prachtstag!

D Züg wärde gfüllt sy mit Tourischte, wo i d Höchi wei. Es het aber o Yheimischi drunder. Vor allem elteri. Pensionierti. Di gniesse natürech d Müglechkeit, amene Wuchetag d Bärge vo nachem ga aazluege u sy nümme druf aagwise, über ds Wuchenändi müesse einigermasse schöns Wätter abzpasse.

Grad de eltere Semeschter gseht me aa, dass si sech fröie uf ihre Usflug. Si sy underschidlech aagleit. Me gseht ne zum Teil aa, wohäre dass es geit. Es het di gwöhnleche Usflügler derby, wo i normaler Chleidig öppe ufenes Sunneterässeli göh ga nes feins Zmittag gnähmige. De hets natürlech Schyfahrer. Die sy unschwär z erchenne. Aber bi dene gits o no Underschide. Die wo kes oder nume ganz es chlyses Ruckseckli bi sech hei, göh älwä ehnder uf di präparierti Piste ga desumekurve. U di Andere, die mit de grosse Packige am Rügge, wärde sech absyts vo der Masse im Töifschnee ihre Wäg ga sueche.

«Gloubsch, dä chunnt z spät?», fragt e eltere, grauhaarige Maa, wo bim Ygang zum Bahnhof steit. Är het sy gross Rucksack vor syner Füess gstellt. Di churze Schy lige vor ihm am Bode. I der Hand het er e Banane. Scho halb ggässe.

«Oh, mir hei ja no Zyt. Der Zug fahrt ersch inere Viertelstund.» Das seit jetze e fasch glychalterige Maa. Sy dunkel, gross Bart hebt ne dütlech vo sym

Gägenüber ab. Aber o är isch mit Rucksack u Schy usgrüschtet. Allerdings isch sys Gepäck wesentlech chlyner als das vom Andere.

Di beide Manne stöh e chli unschlüssig da. Me gseht ne aa, dass si warte. U me gseht ne o aa, dass es nid Pistefahrer sy. Ihres Gepäck dütet ganz klar druf hi, dass si im Sinn hei, ga ne Schytour z mache.

«Was mache mer, wen er nid chunnt? Warte mer oder göh mer elei?», seit der Grauhaarig unsicher.

«Muesch nid angschte. Der Theo isch pünktlech. Geng e chli knapp. Das scho. Aber äbe: pünktlech. Das isch er o uf der Arbeit. Eine wo geng ufem letschte Zagge wärchet – aber glych zueverlässig isch.»

«Das wäri mir z närvig. Geng di Unsicherheit, öbs de würklech klappet, was me abgmacht het. Für mi het Zueverlässigkeit o mit Verantwortig z tüe. U verantwortlech cha nume öpper sy, wo sech Zyt nimmt, über sy Verantwortig nachezdänke. U daderzue mues e Verantwortleche o früecher amene Ort sy als syner Undergäbene. Drum hätti erwartet, dass der Theo hütt als Erschte hie am Träffpunkt isch. Schliesslech het är d Füehrig.»

«Alti Füehrigsgrundsätz, Ruedi. Nümme aktuell. Ömel bi üs. Mir hei i üsem Betrieb e schlanki Füehrigsstruktur. Was heisst, dass jede e Teil vo der Verantwortig treit. Also nümme das Chef-Undergäbene-Dänke. Jede treit Verantwortig. U drum isch o jede für sys Handle verantwortlech. We dä, won es Projekt füehrt, zu dere Zyt dert isch, wo me abgmacht het, längt das volluf. Alls andere wäri Zytverschwändig.» Der Bartig seit das nid so, wie wen er der Ruedi wetti uslache. Nei, me gspürt eifach, dass da zwe elteri Manne rede, wo us underschidleche Betriebe chöme.

«Ja, aber ...» Wyter chunnt der Ruedi nid. Mit schnälle Schritt necheret sech öpper dene Beide. O är mit ere ähnleche Usrüschtig.

«Guete Morge, di Herre!» Fröidestrahlend git er de beide Andere d Hand.

«Guete Morge Theo», seit jetze der Ruedi. E chli schüch un e chli abwartend.

«Sälü Beni!» Der Theo chlopfet em Bärtige mit der flache Hand uf d Schultere. «Fit u zwäg? Wei mer doch hoffe. Schliesslech hei mer hütt öppis Gröbers vor. Heit er alls derby?», fragt er u luegt d Usrüschtig vo dene Beide aa: «Läck, Ruedi, was hesch du ömel o alls ypackt? Mir wei de nid übernachte. Oder hesch du da öppis lätz verstande?» Me ghört der Stimm vom Theo aa, dass er das nid würklech ärnscht meint.

Der Ruedi isch aber verunsicheret u seit drum: «Nei, i ha nüt zum Übernachte mitgno. Wen i aber gah ga türele, de isch das my Standardusrüschtig. Im Gebirge weis me ja nie, was eim chönnti überrasche.»

«Ja, so isch me halt underschidlech. I ha weniger derby als du, Ruedi. Aber du, Theo, wo hesch de du dys Gepäck?»

«Gepäck? Nid nötig! I ha ne Jagge mit vil gäbige Seck. Dert inne han i alls verstouet, won i bruche.» E chli stolz, für nid z säge überheblech, het das der Theo verchündet.

«Aber de ds Ässe?», fragt wider der Beni.

«Ässe wird überbewärtet!», lachet der Theo: «Nei. I ha ds Ässe bimer. Aber hütt nimmt me nümme

Mängene mit. Energy-Food isch aagseit. Isch liecht, brucht fasch ke Platz, git aber glychviel Energie wie all dä antiquiert Sändwitsch-Früchterigel-Schoggola-Fras. U wen i de glychwohl no sötti Hunger ha, de heit dir ja schynbar gnue Food derby, dass es o für e Theo no würdi länge.» O das seit er lachend.

«Mir isch es irgendwie nid eso wohl», brösmelet der Ruedi füre.

«Ischs der schlächt?» Der Beni tönt besorgt.

«Nei, nid uf die Art unwohl. Mir isch es unwohl, wen i mer vorstelle, dass der Theo üse Leiter isch. Är nimmt mer die Tour e chli uf di z liechti Schultere.»

«I cha di ja verstah, du Buechhalterli. Z Bärg gah isch aber wie ds Läbe: Es Risiko! Aber no Risk, no Fun! U dys Bruefsrisiko isch halt nume, dass du irgendeinisch mit ere Härzbaragge ab dym Bürostuehl chönntisch kippe – we de ömel de würdisch kippe, wil älwä sogar dy Bürostuehl Armlähne het, damit de äbe o dert nid druskippisch.»

Das Uslache mag der Ruedi gar nid. Drum meint er energisch: «Los, Theo, we du di uf die Art über mi wosch luschtig mache, de chehren i hie grad um. Mit Lüt, wo mi als Löl wei darstelle u behandle, machen i sicher ke Schytour.»

Är wott der Rucksack ergryffe.

Der Beni fahrt derzwüsche: «Los, Ruedi, das versteisch du lätz. Du kennsch der Theo nid so guet, wien ig. I wärche mit ihm scho über zwöi Jahrzähnt zäme u weis drum, wien er tigget. I ha der scho vori gseit, dass er sehr wohl verantwortigsvoll isch. Är isch aber o e Zyniker. Das muesch bi ihm usblände, we de ihn wosch ärnscht näh. Syner verbale Chalbereie sy nie ärnscht gmeint. Es isch es Spieli, won er am liebschte mit settige spilt, wo müglechscht anders sy als är. U das bisch du mit dyre Art ja. Aber nid öppe schlächter. Eifach anders.»

«De wäri das klärt», meint der Theo. Das Mal ganz sachlech. «Chöme mer zum Technische. D Route isch klar. Mir sy früech gnue dranne. Ds Wätter stimmt u d Usrüschtig ... Da üsseren ig mi nümme. Sy no Frage?» Der Theo luegt der Ruedi sträng aa.

Dä fragt unsicher: «Was hei mer für Sicherheitsmassnahme troffe?»

«Nei, nid scho wider!», rüeft der Theo ergerlech.

«Mol, scho wider! Schliesslech isch Lawinegfahrestuefe zwöi aagseit.»

«Was heisst: mässig! Also normal.»

«Nei, normal wäri eis: gering. Bi mässig besteit scho ne Gfahr.» Der Ruedi probiert em Theo d Stange z ha.

«I dänke, es längt, we mir üsne Froue gseit hei, wohäre dass mer göh u wenn dass mer gedänke zrugg z sy. U we mer de vor Ort sy, entscheidet der Theo, was mer mache. Es isch sy Verantwortig, wil mir abgmacht hei, dass är üs füehrt. Oder heit dir no anderi Vorschleg?» Me gspürt em Beni aa, dass er d Situation wott beruehige.

Es entsteit e lengeri Pouse, wo kene öppis seit.

Der Ruedi luegt vor sech ache, der Beni vor sech häre u der Theo chnüblet öppis i syre Jagge desume: «Shit! Ds GA vergässe!», rüeft er. U du grad no: «Kes Problem. D Kreditcharte han i. Lösen i halt. U was lehre mer drus, waseliwas?», är luegt der Ruedi aa: «Es git für jedes Problem e Lösig. Me mues se nume wölle finde u sötti nid scho bim Problem blybe hange. Aber mir wei ja nid Philosophiere sondern e schöni Schytour ga mache. Also chömet. I zwo Minute fahrt nämmlech üse Zug.»

Dermit loufe si, mit Gepäck meh oder weniger belade, em Perron zue.

«Rega zäh vo Rega Zentrale, antworte.»

«Rega Zentrale vo Rega zäh verstande, antworte.»

«Verstande. Mir hei drei vermissti Skitourefahrer i der Region Bunderspitz.»

«Verstande Rega Zentrale. Mir starte i Richtig Bunderspitz.»

# Zwo Manneseele

«Wär hätti das dänkt?»

«Ja, wär hätti das dänkt?»

Si luege beid uf ihrer eigete Greber ache, wo näbenand ufem Fridhof lige.

«Hesch dus guet gha, so über ds Ganze gseh?»

«Es geit. Es Gchnorz geng. Geng meh u geng no meh. Bis zum Schluss. U jetze ...?»

«Das Problem han i uf die Syte nid gha. Aber uf di Anderi. Es Gchnorz, wil i geng zwenig ha gha.»

«De hesch du aber o nüt, wo de muesch la gah. O ne Vorteil.»

«Wo du scho zu Läbzyte gha hesch, dä Vorteil. Hesch der alls chönne leischte. Ig mir nüt.»

«Bisch nydisch?»

«Zu Läbzyte mängisch scho gsy, ja. Jetze nümme. Im Gägeteil. Bi froh dass i nüt ha zum la gah.»

«Hättisch ja o meh chönne, we de hättisch wölle. Intelligänz hättisch ja gha. No meh als ig.»

«Äbe ja. Drum het die o glängt für z merke, dass Bsitz am Ändi nüt wärtvolls isch, sondern vor allem Balascht.»

«Es fragt sech halt, was jetze de chunnt.»

«Me fragt sech ja zu Läbzyte nume, öb nachem Tod no es Wyterläbe chunnt.»

«Oder öb da nüt meh isch, wo eim wartet.»

«Ja. Derby sötti me sech frage – we me aanimmt, dass es es Läbe nachem Tod git – was das de chönnti sy.»

«U was es derzue brucht. I hätti ömel de gnue für i d Zuekunft z näh.»

«Wes ömel de e Zuekunft git.»

«Mir wärdes gseh.»

«I ha ömel nüt für mitznäh. Un es isch mer wohl derby.»

«I hätti scho. Bi aber nid sicher, öb dä würdi belaschte, dä Balascht.»

«So wie dä da unde.»

«Wie meinsch das?»

«Dy Grabstei. Dä gross, schwär Marmorchlotz uf dir. Dä würdi mi erdrücke.»

«Ja, da hesch dus scho gäbiger mit dym liechte Holzchrüz.»

«Genau. Balascht laschtet uf eim. O nachem Tod.»

«Du seisch es.»

«Hesch öpper, wo di vermisst?»

«Vilich.»

«Sicher bisch de nid?»

«Nei. Vilich isch da scho öpper, wo ...»

«... öppe d Blueme chunnt cho bschütte?»

«Älwä weniger. Das macht der Fridhofgärtner.»

«No gäbig däwäg ...»

«U du? Hesch öpper, wo di vermisst?»

«Ja. Är.»

«Wär?»

«Är da unde.»

«Dä wo da näbedranne hocket?»

«Ja.»

«Das isch ja aber nume e Hund.»

«Ja. Scho.»

«Aber immerhin ...»

«Gäll.»

# Üsi Religion?

I üsem Land läbe sehr vil Lüt vo de Tourischte. Also vo Lüt, wo zu üs chöme für üsi Natur z bewundere. Si chöme us allne Herre Länder zu üs u benähme sech de nid geng eso, wie mirs under üs gwahnet sy. Aber das tüe mir ja vielmals o nid, we mir i Länder reise, wo e anderi Kultur hei.

D Japaner, d Koreaner u d Chinese sy bi üs meischtens nid so uffällig. Wil si ähnlech aagleit sy wie mir. Uffällig sy vor allem d Araber. Gnauer gno d Araberfroue. Mit ihrne verschidene Chopfbedeckige oder sogar Gsichtsverdeckige, falle si natürlech uf. U mache o Angscht.

Di Angscht wird no understützt dür di frömde Lüt, wo nid als Tourischte zu üs chöme cho Gäld usgä, sondern als Flüchtlinge bi üs Schutz sueche. Das sy vielmals o Lüt us Islamistische Länder. U mir hie, mir Yheimische, hei ds Gfüehl, ihri Religion, der Islam, bedrohi üs.

Derby sötte üs d Religione vo de Inder, de Chinese, de Koreaner oder de Japaner meh Angscht mache. Wil si üs vil frömder sy als der Islamistisch Gloube. Aber es sy vor allem d Muslime, wo mer Angscht vor ne hei. U das isch eigetlech schreg. Wil der Islam ja di glyche Wurzle het wie üsi chrischtlechi Religion. Wil der Islam üs religiös eigetlech am nächschte steit – ömel im Verglych zu de Andere.

Aber äbe.

D Angscht, dass d Muslime, d Angscht, dass ihri Art z läbe, ihri Art ihre Gloube z pflege, i üsne Breitegrade chönnti überhand näh, nimmt zue. Me het ds Gfüehl, dass di sächs Prozänt Muslime, wo i üsem

Land läbe, mit ihrne Moscheeene üser Chilchene wei verdränge. Dass si üs ihri Religion wei ufzwinge u dermit üsi chrischtlechi Religion wei undergrabe u i Schatte stelle. Churz, mir hei Angscht dervor, dass si üsi chrischtleche Wärte wei verdränge.

Das mag d Idee vo nes paarne Muslime sy. Das wetti o gar nid abstryte. Aber i vermuete, dass das vil weniger sy, als mir – i üser Angscht – befürchte. Di meischte Muslime pflege nämlech nume eifach ihri Religion. Si bätte, göh i d Moschee, pflege d Gmeinschaft u läbe müglechscht i Fride.

So wie mir das o mache. Mir pflege o eifach nume üsi Religion, bätte, göh i d Chilche, pflege d Gmeinschaft u läbe müglechscht i Fride.

Tüe mer?

Für ne Hochzyt, e Toufi oder e Beärdigung göh mir scho öppe no i d Chilche. Wil mir das scho geng eso gmacht hei. A dene wenige Tage, imene chrischtleche Erwachseneläbe, pflege mir no d Gmeinschaft.

Bätte mir aber no? Älwä nümme alli. Pflege mir di chrischtlechi Gmeinschaft no? We me di lääre Chilchene i üsem Land aaluege, älwä o nümme heftig.

U d Frag sygi hie erloubt: Hei mir de überhoupt no e chrischtlechi Religion, we mer se nume no «im Ereignisfall» füre näh? We mer ehrlech sy, de müesse mer säge, dass das nümme so ganz der Fall isch. U we me luegt, wievil Lüt i de letschte Jahr us der Chilche usträtte sy – nid z Letscht für eifach e chli meh Gäld für Anders zur Verfüegig z ha – de mues me sech scho frage, wie starch üsi Religion no i üsem Volk verankeret isch.

Es git verschideni «Mässpünkt», wo me cha z Hilf

näh für z luege, wie mir üsi Religion no pflege. Me cha se mit es paar Frage darstelle.

Sy Karfrytig, Uffahrt u Wiehnachte – also di arbeitsfreie Tage – no chrischtlech pflegti Tage oder sys eifach gärn gnoni Freitage?

Bruche mer der Sunntig no für ds Usruehie u nes übere Sinn vo üsem Dasy Gedanke z mache oder isch es eifach e Tag, wo me nid mues ga wärche u d Freizyt cha gniesse?

Mache mir üs überhoupt no Gedanke über Gott u Christus oder bruche mer di Zwe nume no, wes nes schlächt geit oder we mer wette, dass üsi Fuessballmannschaft gwinnt?

Hei die, wo am lütischte gäge Islam wättere, de no e Religion oder geits dene vor allem drum ds Frömde, ds Unbekannte z verurteile?

We mer ehrlech sy, de müesse mir säge, dass üsi chrischtlechi Religion bi de meischte Lüt nume no eso es Näbegrüsch isch. U vilich müesste me sogar sowyt gah u säge, dass mir vilich gar ke Religion meh hei. Ömel di grossi Mehrheit.

U da stellt sech natürlech de o d Frag, was mir gnau meine, we mir säge, dass der Islam üs üsi Religion wölli näh? Mir hei ja nüt meh, wo me üs chönnti näh.

Vor was gnau hei d Lüt de eigetlech Angscht?

# Jede Tag e gueti Tat

Der Lord Baden Powell isch e änglische Militarischt gsy. Eine, wo a verschidene Chriegsfronte kämpft het.

Berüehmt isch er aber eigetlech ersch worde, won er, churz vor syre Pensionierig, d Pfadi erfunde het. Der BiPi, wien ihm d Pfader säge, het churz vor sym Tod – es isch öppe achtzg Jahr här syder – folgendes gseit:

Der richtig Wäg glücklech z sy
besteit dadrin,
anderi Mönsche glücklech z mache.
Probier di Wält e chli besser zruggzla,
als du se aatroffe hesch.

I bi früecher o i der Pfadi gsy u ha dä Spruch älwä mängisch ghört. Verstah tue ne aber eigetlech ersch jetze richtig.

U verstah tuen ig drum o ersch jetze richtig, warum üs der Pfadileiter fasch jede Samstig, we mir Üebig hei gha, gfragt het, was mir i der vergangene Wuche für ne gueti Tat gmacht heige. Für üs Pfädeler albe e schwiregi Frag. Wär weis de scho mit vierzähni, was er Guets gmacht het – u cha das de o no erkläre? Natürlech, öppe der Muetter gholfe abwäsche het me – freiwillig nota bene. Oder ds Ghüder ache trage, d Schueh oder ds Stägehuus putzt. Das het me o. Aber e Gueti Tat im Sinn vom BiPi isch das ja älwä nid gsy.

U glych. We me luegt, wies hütt wäri, we jede Mönsch sech würdi Müei gä, a jedem Tag ganz bewusst öppis Guets z mache, öppis z tue derfür, dass d

Wält e chli besser würdi, als si isch, de würdi das e wahnsinns Bewegig i üsi Gmeinschaft gä. U das Guete müessti nid emal öppis Grosses sy.

Me chönnti zum Bispiel probiere, uf der Strass öpper wildfrömds aazlächle. Eifach so. Lächle, statt e Mouggere z mache. Oder me chönnti, we me mit em Outo i der Dryssgerzone fahrt, ganz bewusst öpper über d Strass la loufe – äbe grad wil me weis, dass me das eigetlech nid müessti. Oder me chönnti fründlech sy zu der Kassierin im Migros. Oder me chönnti öpperem ganz bewusst zuelose, bewusst schwyge oder öpperem ganz eifach e chli Zyt schänke.

We das alli würde mache! Das wäri wie der Flügelschlag vom Schmätterling, wo der Aafang vomene Orkan cha sy.

Wei mers probiere zäme?

De lö mer doch di Wält e chli besser zrugg, als mer se aatroffe hei.

Zäme wäri das müglech!

# Pünkt

Letschthin het mi e Bekannti vo mir ufklärt, wie si das mit de verschidene Grossverteiler-Pünkt macht. Si het gseit:

I bi gstresst!

U zwar wäge dene verschidene Aktione, Aktiönleni, vo de Rabatte, de Chundecharte, de Manie u de Trophys, wo eim i de Ychoufsläde aaprise wärde.

I bi eini vo dene, wo partout nid wott ygseh, dass si für nes Mödeli Anke zwöi füfenachzg mues zahle, wen sis für zwöi füfesibezg überchiem. Scho nume us Prinzip zahlen ig nid meh, als dass i unbedingt mues. Wil: Das Zähni, won i meh würdi usgäh, chunnt ja öpperem z guet. U dä Öpper cha grad so guet ig sy. Ömel gschyder als e Andere, won i ersch no nid kenne. Me weis ja nie, was däjenig mit däm Gäld würdi mache. Bi mir weis igs aber.

Ytem.

Also. I choufe choschtegünschtig. U das geit ja hütt – wältwyte Wahnsinn sei Dank! – o ganz eifach. Am Sunntig, zwüsche halbi sibni u sibni am Morge, überchumen ig es Mail vo der Migros. Das vom Coop chunnt ersch so uf di Zähni. Gnue Zyt also, für bi de Migro-News z luege, was alls Aktion isch. Das, won i wott ga choufe, tragen i ine Excel-Tabälle y. Dir gseht de später warum. Wen i bim Migros düre bi, chunnt ds Coop dra. U de geits wyter zu de Ungäbigere. Lidl u Aldi sy technisch no nid ganz so wyt u erschyne ersch am Sunntig gäge Namittag. Drum chas de passiere, dass i de scho öppis uf myre Excel-Tabälle ytrage ha, won i mues lösche, wils im Lidl günschtiger isch. Das chunnt öppe vor, wil der Coop – o we die mängisch säge es stimmi nid – über alls gseh geng no der Tüürscht isch. Un i mues es wüsse. I cha das ja verglyche.

Ytem.

Wen i am Sunntig de di vier Gschäft düre ha, de chunnt de d Fynplanig. Es würdi jetze z wyt füehre, wen i öich vo de Cumulus, de Supercard u wie si alli heisse, würdi verzelle. Drum beschränken ig mi uf ds Migros-Chärtli. Respektive uf d Migros-App.

I ha se jetze ufem Händi. Läck, da geit de d Sach ab! I gseh dert, was i afe alls gchouft ha, gseh, wievil Cumuluspünkt sech dür das gsammlet hei u cha sogar dert abläse, was es alls für Aktione git. Ds Mail brucht i also eigetlech nümme. Aber mängisch tuen ig de no verglyche zwüsche App u Homepage. Me weis ja nie.

Ytem.

Wen i im Migros für über hundert Franke ychoufe, überchumen i e Zwöiprozänt-Rabatt. U zwüschyne gits no e andere Zwöiprözänt-Rabatt. U mängisch e Füfprozänt. Eifach so gschänkt. Super, oder? Aber das won i jetze uf dere App entdeckt ha, isch super-super. Jetze gits nämlech dert Stämpelcharte. Da überchunnsch, we die aktiviert hesch, für verschideni Produkt e Stämpel. U we de gnue gstämplet hesch, überchunnsch de öppis e chli günschtiger.

Vor churzem han i no entdeckt, dass es näbscht de Stämpelcharte u de Coupons, wo me aber de z ersch mues aktiviere, süsch funktioniert de das nid, dass es näbe all däm jetze o no es Stämpelfieber git. I ha mir dä arm Cheib vorgstellt. Dä Stämpel, wo Fieber het. I

hätti o. Weisch wie, we da geng muesch desume het-
ze, bis dass jede Chund di Prozänt, di Coupon u di
Pünkt überchunnt? Stress puur!

I ha mi für di Stämpelcharte aagmäldet u bi jetze
wacker am Stämple sammle. Di gits äbe ersch ab
zwänzg Franke Ychouf. Drum luegen ig natürlech,
dass i für müglechscht genau zwänzg Franke gah ga
ychoufe. Eh ja, drübery z choufe würdi ja nüt bringe.
U vergäbe stämplen ig ja de nid. Damit dass di Stäm-
pelcharte aber öppis bringt, mues i es paar Mal für
zwänzg Stütz ga kömerle. I säge nech, das wäri gar
nid so liecht, we me nid – so wien ig – sämtlechi
Ychöif würdi ufene Excel-Tabälle ytrage. Das chunnt
mer jetze z guet. I ha uf dere Tabälle natürlech o d
Pryse ytreit. U so isch es de es Liechts, di Ychoufs-
päckli so z tischele, dass es müglechscht gnau zwän-
zg Franke git. Mängisch luegt mi d Kassierin zwar
scho e chli schreg aa, wen i zum füfte Mal a d Kasse
chume. Geng mit Zwänzgfranke ungrad. Aber was
chan i derfür, dass die vom Migros eim so öppis aa-
biete. Me wäri ja blöd, we me di Aagebot nid würdi
nütze.

Morn aber, morn han i de vierfache Stress. I ha mer
– wie verzellt – di Zwänzgerpäckli gmacht. Morn
isch aber de o no AHV-Aktion. Zäh Prozänt. U de
han i no e Zwöiprozänt-Guetschyn bhalte, wos – wie
gseit – git, we me über hundert Franke ychouft – was
i denn mache, wen i mit hundert Franke meh Rabatt
überchume, als wen i mit de Zwänzgerpäckli gah ga
kömerle.

Ytem.

Morn isch also de no AHV-Aktion u de han i no e

Zwöirozänt-Guetschyn. Morn gahn i ga kömerle, wil morn äbe Donnschtig isch. U am Donnschtig gits doppleti Cumulus Punkt.

Gället, stressig!

I ha mer scho überleit, öbs äch würdi rentiere, öpper aazstelle, wo nüt anders würdi mache, als d Aktione z studiere u z luege, i welem Gschäft dass im Momänt grad weli Aktion, weli Coupon, weli Spieli u weli Stämple gfragt, respektivi ggä wärde. We das ganz e kleveri Person wäri, de würdi die bigoscht no rentiere.

Was meinsch du?

# Bim «Müller»

Was bruchts, damit e Mönsch schön isch? Di Frag het er sech gstellt, won er bim «Müller» im Ygang gstande isch. U het müesse feschtstelle, dass es älwä sehr, sehr vil brucht, für schön z sy. Ömel wen er luegt, was me da alls chönnti u älwä o sötti choufe.

Eigetlech het er nume wölle ga ne Zahnpasta erstah. Eifach e Tube Zahnpasta. U jetze steit er vor emene Gstell mit ere fasch unändleche Uswahl a so Tubene. Ghört äch das o zu däm Schönheitswahn? Dass me sogar d Zähn schön, statt nume suber, sötti mache? Bruchts äch wäge däm so mängi Zahnpasta? Är weis es nid. U drum het er eifach die Tube gno, won er scho geng gno het.

Är het sech du no e chli i däm Gschäft umegluegt.

Herrje! Die fasch unändlechi Zahl vo Fläschli, Gütterli, Flacons u wie me dene ömel o seit, wos i der Parfüm-Abteilig het. Wahnsinn! Är het sech nid chönne vorstelle, wie sech öpper da cha dürekämpfe oder sogar uskenne. Bi all dene Produkt. U no vil weniger het er sech chönne vorstelle, warum öpper genau das u nid ds andere Gütterli chouft. Am Gschmack chas chuum lige, wil, we me dert vor em Gstell steit, de schmöckts. Starch. Aber eifach nach Parfüm. Nach irgend ere Parfümmischig. Undefinierbar – ömel für ihn.

Isch das äch Absicht vom «Müller»? Är wott dene zwar nüt understelle. Aber we das vor däm länge, mit Parfümgütterli gfüllte Gstell so nach emene Sammelsurium vo verschidene Parfüm schmöckt, de cha me sech doch nid ufe Gschmack vom gwählte Parfüm verla. Aber es Parfüm mues me ja de glych ha. Drum chouft mes afe einisch, nimmts hei, tuets dert uf u merkt ersch deheime, dass eim dä Gschmack glych nid ganz eso zueseit, wie erhoffet. U was mues me jetze mache, he? Zruggbringe cha me das Gütterli natürlech nümme. Es isch ja offe. Drum mues me halt no einisch zum «Müller» u di Prozedur fat wider vo vorne aa. Ganz zur Fröid vo däm Gschäft.

Äs gnüegelet ihm. Definitiv.

Won er zu der Tür us wott, chunt ihm e dunkelhütegi Frou entgäge. Si treit e chli verwäscheni Chleider. U o ds Meiteli, wo si a der Hand het, treit Chleidli, wo älwä scho die Gschwürschterte vo ihm trage hei. Churz: Me gseht dene Zwöi aa, dass ihres Budget älwä e chli begränzt isch.

Du het er sech vorgstellt, wie di Frou chönnti ufgwachse sy. Imene Land, wo me um ds Überläbe kämpft het. Wo me das ggässe het, wo ume isch gsy. We ömel de öppis isch ume gsy.

Sy Phantasie isch ga weide. Är het di Frou mit ihrem Meiteli gseh. I so Slums. Inere Husbaragge. Zwe Rüüm nume. Der Bode us Lehm. Vor dranne es Füür. E Pfanne. U i dere der Riis. Vilich no mit ere Banane ergänzt. Het se gseh, di Zwöi. Nid öppe truurig. Im Gägeteil! Si hei nüt anders kennt u sy uf ihri Art glücklech gsy.

Us irgend emene Grund sy si bi üs glandet. Vilich wäge Chrieg oder wils würklech nümme z Ässe gha het für se. U si göh jetze i «Müller» yne u gseh dert, dass mir – u ihm chunnt wider ds Parfüm i Sinn – e fasch unändlechi Mängi Gütterli zur Uswahl hei – eigetlech eifach nume damit mir nid eso schmöcke, wie mer eigetlech schmöcke.

# Mir hei nume eini!

Es ligt
i der mönschleche Natur,
vernünftig z dänke
u unvernünftig z handle.

*A. France*

# D Hunderter-Idee

D Mara u d Lia hocke zäme im Zimmer vo der Mara. Es isch Frytig u si chöme vo der Umwältdemo. Si sy ersch ds zweite Mal derby gsy. U irgendwie sy si e chli enttüscht.

«Uf d Strass gah isch ja scho rächt. Aber was passiert jetze?», fragt d Mara.

«Nüt!», isch der ernüechternd Kommentar vo der Lia.

«Aber me sötti doch öppis Konkrets mache. Verlange. Fordere. Nid eifach uf d Strass gah u säge: machet öppis.»

«Ja. Me sötti konkret wärde. Me sötti zum Bispiel e Lischte erstelle, wo zeigt, was me alls chönnti gäge d Umwältbelaschtig tue.»

«Genau! E Lischte mit vilich hundert Tätigkeite. Tätigkeite, wo d Umwält belaschte.»

«U für jedi vo dene Tätigkeite giebs underschidlechi Pünkt. U die Pünkt würde ussäge, wievil negative Yfluss dass si uf d Umwät hei.»

«Du meinsch e Tätigkeit wäri zum Bispiel ds Flüge. U der Verzicht uf ds Flüge gieb sibezg Punkt? Ds Abstelle vom Duschewasser während em Yseife gieb zwe Pünkt u der Standbyverbruch eliminiere gieb drei?»

«Genau. Jedes zweite Mal ds Velo statt ds Outo z bruche würdi füf Pünkt bringe u ds Ychoufe vo nume no regionale Produkt zäh.»

«De würdi der Verzicht ufe Online-Ychouf us China zäh Pünkt bringe ...»

«... u der Verzicht uf Ferie usserhalb vo de a üsi Schwyz gränzende Länder, zwänzg Pünkt.»

«Öpper wo uf ds Fleischässe verzichtet, chönnti sech o zwänzg Pünkt guetschrybe.»

Si chöme ine Yfer yne die Zwo u lischte all die Tätigkeite uf, wo si dänke, dass si der Umwält würde hälfe weniger plaget z wärde. U chöme würklech fasch uf hundert!

«U jetze? Was mache mer dermit?» Der Yfer schynt bi der Lia scho e chli naazla.

«Das isch doch klar!», meint d Mara geng no begeischteret: «Jede Mönsch list sech us all dene Tätigkeite die use, won er dänkt, dass er ohni grossi persönlechi Yschränkige dermit chönnti läbe. U zwar so mängi, bis dass er syner hundert Pünkt zäme het.»

«De müessti also eine zum Bispiel nume nümme flüge, kes Fleisch meh ässe u z China nümme online-ychoufe – u chönnti alls Andere wyterhin mache?»

«Genau. Är würdi sech mit dene drei Yschränkige rächt umwältbewusst verhalte.»

D Zimmertür geit uf. D Muetter vo der Mara chunnt yne: «Was syd dir Zwo de am mache?», fragt si gwunderig. U dermit isch si die Erschti, wo sech uf dere Hunderterlischte sovil Tätigkeite mues ussueche, bis si hundert Pünkt zäme het.

«Dir heit da öppis tolls gmacht. Darf i di Lischte hinech a my Sitzig mitnäh? I bi gspannt, was di andere Froue derzue säge – u natürlech o, öb si sech chönnte vorstelle, bi dere Hunderter-Idee mitzmache.

Di zwo Jugendleche sy stolz, dass si nid nume sy ga demonstriere, sondern dass si o konkret öppis für d Umwält hei chönne tue. U si nähme sech vor, ihrne hundert Pünkt, wo sech jedi vo ihne natürlech o usgsuecht het, würklech nachezläbe.

# Grossätti, e Frag

Är isch e Umwältsünder. Wie die meischte Andere o. Da macht är sech o gar nüt drus. Het kes schlächts Gwüsse meh u probiert o nid sech z bessere. Är hets zwar probiert. Hets lang probiert. Aber es isch ihm z schwirig worde.

Är weis, dass me müglechscht ke Plastic sötti bruche. Aber da tue de, we ds Bio-Gmües i dä ypackt isch – u ds Nidbio nid. Was isch ökkologisch besser?

Oder d Ärdbeeri. Sy jetze die usem Spanische Freiland ökkologischer als die usem mit Öl gheizte Trybhuus im Seeland? U dä mit de Outo? Isch es würklech eso, dass es Elektroouto ökkologisch gar nid so ne grosse Sinn macht, wäge der graue Energie bi der Härstellig un em Material i de Batterie? Oder isch ds Bahnfahre würklech so umwältschonend, we me der Fynstoub, der Energieverbruch oder der gross Landverbruch aaluegt?

Wäge all dene Frage, wo me ke gschydi Antwort druf findet, het er resigniert. U o wil er gläse het, was es Containerschiff, wo vo China här zu üs fahrt, alls a – notabene sehr dräckiger! – Energie brucht. Spilt de da es einzigs, nid bruchts Plasticseckli no ne Rolle? Oder es Bündeli Spargle us Peru? Was bringts der Umwält, wen är die nid chouft? Nüt! Aber de o grad gar nüt! Me mues bim Grosse aafa. Nid bim Chlyne. Nid bi ihm. We eis einzigs Containerschiff vo Rohöl uf Diesel umboue isch, bringt das uf ei Chlapf viel meh, als wen er ds Läbe lang probierti syner Umwältbelaschtige müglechscht chly z bhalte.

Drum verzichtet er ab sofort, umwältfründlech z sy. Sölle z ersch die, bi dene, wos yschänkt, handle. Är luegt jetze nume no für sich. Wil, wen er e chli rücksichtsloser wird, wen er uf nüt verzichtet, wen er gniesst u sech kener Gedanke meh über d Umwält macht, wird die dessitwäge nid schlächter. Nid wäge ihm. Gwüss nid!

«Grossätti, e Frag.» Sy dryzähjähregi Grosstochter steit uf ds Mal i voller Schimontur vor ihm.

«Was wosch wüsse, Meitschi, schiess los?» Är fröit sech geng, wen er mit ihre cha gsprächle.

«Isch es wahr, dass mir d Umwält so am kaputtmache sy, dass ig, wen i de emal gross bi, nümme cha ga schyfahre, wil mer so warm hei, dass der Schnee vorewäg schmilzt?», fragts ne mit gwunderige Ouge.

Är schlückt läär. «Ja, das chönnti scho sy», seit er zögernd.

«U was tüe mer de dergäge, dass das nid passiert?», fragt das besorgte u nachdänkleche Grosschind.

# Im Zug

Dir, was mir nöilech im Zug passiert isch, das hout jeder Fläsche der Bode use. I fahre ja am liebschte im erschte oder letschte Wage. Dert hets geng Platz. U mängisch isch me de o ganz elei u das gniessen ig. Kes Gniet vo Goofe, kes Tschäder vo Teenis, kes Profi-Glyr über ds Natel u kener Job-Stresser, wo eim mit ihrem Täggele ufem Läptop wei ds Gfüehl gä, me sygi e fule Cheib. Nei, im erschte oder letschte Wage da hesch di Rueh.

Han i gmeint!

I hocke also i vorderscht Wage. Mueterseele elei. I gniesses u fröie mi ufene ruehegi Fahrt. Aber nei! Der Zug isch chuum aagfahre, wo zwe jung Schnaffle i Wage ynechöme. Aagleit sy si so, wie di Junge hütt aagleit sy. Tschiins über ds Füdle ab, mit Löcher dinne wie we si vonere Schlegerei chiemte. E Tschäppel uf der Bire u Schueh, wo no gäbig sy, wil ds Wasser, wo obe dry louft, unde o wider drus cha.

Es het mi aagschnägglet!

Nüt vo elei sy. Ja nu, han i dänkt. Es sy ja nume zwe Jünglinge, wo sech wyt wäg vo mir nider lö.

Dihr, Dänkfähler! Obwohl die Zwe e Hampfele lääri Abteil zur Verfüegig gha hätte, hocke die doch usgrächnet vis à vis vo mir ab. Der Eint het so ne runde, rote Zylinder i der Hand. Nei, nid e Huet natürlech. So ne nöimödische Lutsprächer. Uf däm drückt er desume.

Tschibumm! macht dä. Der Zylinder, nid der Giel.

Du steckt er zwe Stecker i ne Buchse – der Giel, nid der Lutsprächer – u beid zäme schiebe sech Chopfhörer über d Ohre. Das beruehiget mi e chli.

Lüt mit Chopfhörer uf de Ohre schwyge i der Regel. U we si nid grad z lut ...

Aber äbe! I fröie mi vergäbe. Wiso di Beide überhoupt Chopfhörer anne hei, wott mir nid yne. I ha nämlech d Musig ghört. O ohni Chopfhörer. Lüter als ig se normalerwys würdi lose.

Also normalerwys würdi settegi Musig ja sowiso nid lose. Das isch nämlech gar ke Musig. Das isch öppis zwüsche Miggel sym Sagiblatt u Küsu sym Motormäier. U zwüschyne chunnts mer vor, wie we Öttel mit sym Abbouhammer würdi dryfunke.

Umwältverschmutzer! pägge ig ne übere.

Nei, eigetlech han i nid pägget. Das hätte si nämlech gar nid ghört. I ha nes eifach mit de Lippe aadütet: Umwältverschmutzer!

Uf das ache reckt der Jünger zum Zylinder. Schäbedäng macht das Grät – u im Wage inne wirds still.

Beid zäme zieh d Chopfhörer ab u stiere mi aa. Si syge Proteschtierer, säge si. Mir chunnt aber spontan ds Wort Schrubezieher i Sinn. Sicher wil si zimlech ähnlech usgseh. Läng, dünn, mit rote Chöpf. Bibeli hei si, di pubertierende Süchle. Der Eint meh, der Ander weniger.

Für oder gäge was si de proteschtieri, fragen ig se. Eh ja, schliesslech hei si der Lärm abgstellt u zu mir öppis gseit. De chan i ja o öppis zrugg säge, oder?

«Gäge d Umwält», seit der Eint mit emene töife Bass.

«Für d Umwält», pipset der Ander fasch zytglych. Dä het der Stimmbruch älwä no nid hinder sech.

«Aha!»

«Mir sy Umwältaktiwischte», seit der weniger rot.

«U hocke zu so Umwältbelaschtigs-Type wie du eine bisch.»

I gsehs em Piepser aa, dass er Muet brucht het, mi z duze.

Är setzt e stolzi Mine uf u fahrt wyter: «So wie du usgsehsch, fahrsch du sälte mit em Zug. Blochisch süsch älwä mit ere ÄssJuuWii-Dräckschlüdere i der Gägend umenand, hesch es eigets Eifamiliehuus, treisch Designer-Klamotte u tschettisch i der Wältgschicht desume. Alls umwältbelaschtende Züg.»

«Aha!»

«Genau du bisch d Schuld, we d Wält z flöte geit.»

«Eh auso!»

«Genau! Nimmsch alls uf di liechti Schultere, wil de weisch, dass di das i dym Grufti-Alter nümme preicht.»

«Äuä?»

«Meinsch d Klimaerwärmig sygi e Erfindig vo üs Junge. Derby merksch i dym finanzgschützte Bereich inne nid, dass d Gletscher zrugg göh.»

«Dass mir Junge i nes paar Jahr ...»

U so geits wyter. Ussert es paarne «Aha, Eh, Auso u Äuä» z säge, hei si mer ke Glägeheit gla mi z üssere. Es isch es Füürwärch vo Aaschuldigunge cho. Piepsegi u bassegi. Si hei sech ergelschteret di beide Buebe u hei sech ine Sach yne gredt – unghürig!

Irgendwenn geit ne du doch d Luft no us un i ha se chönne Frage, i welem Uftrag si de überhoupt proteschtieri. Ruck-Zuck häbe si mer beid zäme es Uswyschärtli under d Nase.

Unisono rüefe si: «WWF!! Mir sy Mitglieder vom

WWF u hocke i jeder freie Minute ine Zuug, sitze dert zu so Umwältverschmutzer, wie du eine bisch, närve mit überluter Musig, bis dass di Gägenüber mit üs lieber rede als Musig lose.»

«U de chöi mer ne de under d Nase rybe, was si für Umwältsünder sy.»

«So wie äbe bi dir! Mir proteschtiere gäge settegi Lüt, wie du eine bisch.»

«Ja. Mit öiem Egoismus fahret er üsi Wält a d Wand», ergelschteret sech der weniger rot wider.

«U mir sölles de usbade», piepsets.

Der Bass wider: «U was gedänksch du künftig anders z mache?»

«Was machsch, damit d Wält weniger Schade nimmt?»

Di beide Frage stelle si mit sichtlechem Stolz. I recke i my Hosesack u nime ds Charteböxli use. Dert drus ziehn ig es Chärtli u zeiges ihne. Der Rot wird wyss u der weniger rot no wysser.

«Was, du bisch – dir syd ...?»

«Du hesch – dir heit ...?»

Si chöme zum Stottere nid use.

«Ja, i bi syt myne Jugendjahr bim WWF. Ha kes Outo. Fahre Zuug. I d Ferie gahn i mit der Ysebahn. D Klamotte sy nid designt u o süsch luegen i nid z übertrybe. Es isch toll, dass dir nech für üsi Umwält so engagieret. Machet wyter eso!»

I ha ne du no es Nötli i d Fingere drückt. Für di nächschte Ysebahnfahrte ...

# Sambucus

Gestatte: Holder isch my Name. Holunder, gnau gno. U die wos de ganz genau wei wüsse: Sambucus, eigetlech.

I stah, vis à vis vo öich. I Nachbarsgarte. U luege syt Wuche uf öie Sitzplatz übere. Gseh nech zwüschyne. U stuune! Stuune, wie dir nech närvet, ergelschteret, ufreget, usrüeffet oder wie dir gnietet. Wäge so Chlynigkeite wie de Bletter, wos öppe uf öiem Sitzplatz het. Oder wäge de Vogeldräcke, wos cha gä, we me dusse isch. De liiret er, wes chunnt cho rägne oder futteret, wes luftet u nech öies Meiezüg verhützet. Unmüglech benäht dir öich. Ömel mängisch. Zwüschyne hocket er zwar scho häre u schynet nech mit öiem Schicksal, eleini so i ne Sässel müesse quetscht z sy u d Hut der Sunne müesse uszsetze, abgfunde z ha. Es brucht aber nume e Chräie, wo singt. Oder e Chatz, wo über öier Verbundsteine schlycht. U scho syd er wider uf hundertzwänzg.

Wen ig so würdi!

Lueget mi doch einisch aa. I stah da. Aagwurzlet. Stah da bi Sunne u Räge. Bi Sturm u Schnee. U für was? Für waseliwas? Für nüt. Für gar nüt.

Früecher het me us myne Frücht no Saft, Schlee u Mues gmacht. Myner Frücht interessiere aber scho lang niemer meh. Dir ässet das, für das i eigetlech hie usse stah, ja nümme. Ässet süsch so Züg. U wen i albe luege, was dir alls i öiem Täller heit ... Wäääähh!

Uf z Mal ischs mer klar! Es isch das komische Züg, wo dir ässet. Mit däm wäri o gnärvt, ergelschteret, ufgregt u gnietig. We dir würdet Holderbeeri ässe, giengs nech ganz sicher vil besser. Aber äbe ...

# Grüene Dume

Grüene Dume het er kene. Das weis er. Är het o nie probiert e Hobbygärtner z wärde. Zwar wäris scho schön, wen er irgendwo es paar Bettli hätti, won er chönnti früsche Salat, öppe es paar Rüebli u Zibele ärnte. Oder Tomate ab em Struch. Aber äbe.

Wen er luegt, wie d Hobbygärtner gärtnere, de strählts ihm scho e chli hindere. Chuum het nach em Winter i dene ihrem Garte ds erschte Grashälmli e liecht grüengälblechi Farb, chribelets di Lüt under de Fingernegel. De wird überleit, i welem Bettli me was wärdi säie oder setze. Es wird vorbereitet u berächnet. D Gusche wärde i Betrieb gno un es wärde Schichte vo Plastic drüber zoge. Wes de wachst, wird gchrättelet, gchüderlet, gjättet u gchräbelet.

U wes de Chabischöpf wie Chindsgrinde söll gä, de wird no e chli Novartisroche derzue gschüttet. So wird der Wettbewärb mit de andere Nachbars-Hobby-Gärtner ufgno. U dä wo de nid Houptaktionär vonere Chemiefirma wott wärde, also dä, wo uf Chemie verzichtet u drum nume fuschtgrossi Chabischöpf wird chönne ärnte, dä wird no belächlet.

Chürzlech heige si es paar Schrebergärte under d Lupe gno. U heige i dene Gärte es Vielfachs a Chemie gfunde als bimene Profi-Landwirt.

Wen är also wetti Hobbygärtnere, müessti är z ersch e Bodeprob la mache, damit er wüssti, wie lang är müessti warte, bis dass dä Garte chemisch wider einigermasse so zämgesetzt wäri, dass me dervo chönnti usgah, e gsunde Härdöpfel chönne uszgrabe.

Nei, gärtnere isch definitiv nid sys Ding. U zwar nid nume wil er ke grüene Dume het.

# Mir hei nume eini!

Nenei, i bi wäder Profässer no Umwältingenieur. I bi e ganz e eifache Ärdebürger. Säge chöit dir mir Franz, we der weit. Aber my Name tuet eigetlech nüt zur Sach.

I rede über d Umwält. Aber dir wärdet vo mir nid das ghöre, wo me süsch scho geng ghört. I ghöre nid zu dene, wo sech i ds Schema «... das CO2 Gstürm isch doch nume vo de Lingge gstüret ...» oder «... üsi Wält geit übermorn z Grund, we mer nid jetze grad u sofort alls, wo se belaschtet, verbiete ...» lat la presse.

I luege üsi Wält als Ganzes aa. U mir Mönsche sy druffe e chlyne Gröggel-Teil, wo sech aber weis nid was ybildet z sy.

My Aasicht isch also, dass d Natur fasch unermässlech stercher, grösser, besser, intelligänter u logischer isch, als mir Homo Sapiens. U we me se einisch probiert mit dere Brülle aazluege, de entdeckt me ds Einte oder Andere, wo eim macht z dänke. Unpolitisch, unabhängig u – we mes cha – sachlech.

Fakt isch, dass d Ärde sech erwärmt. U zwar schnäll. Schnäller als früecher, wo si das zwyfellos o ta het. Un es spilt überhoupt ke Rolle, öb si das jetze e chli schnäll schnäller macht oder e chli weniger schnäller. U es spilt o gar ke Rolle, öb di Erwärmig jetze eiskomma irgendöppis isch oder zwöikomma ... Fakt isch: Si erwärmt sech schnäll. Z schnäll. Punkt.

U mit de Resource gsehts ähnlech us. Nüechter betrachtet müesse mer säge, dass mer meh bruche als üs zuesteit. U zwar vil meh. Öb das jetze vil meh oder vil vil meh isch, spilt o hie überhoupt ke Rolle.

Mir bruche z vil. Punkt.

U üses Verhalte isch o so ne Fakt. Mir jette um d Wält, ässe im Winter Ärdbeeri, schutte bi vierz Grad Ussetemperatur i achegchüehlte Fuessbalstadie u schippe zu üsem Vergnüege wuchelang mit Schwärölschiff über d Meer. Wie vil z vil mir jette, Ärdbeeri ässe, schutte oder schippe isch nid relevant. Mir verhalte nes ganz eifach überheblech. Punkt.

I chönnti hie no verschideni Bispiel bringe, wo me nid müessti drüber diskutiere, wie vil z vil oder zwenig. Bispiel, wo eifach zeige, dass es nid guet isch, wie mir üs uf dere Chugle verhalte.

Meh Bispiel bruchts also nid. Wil si üs allne eigetlech scho lang bekannt u klar sy.

I stelle eifach fescht – un i bi sicher, dass dir da mit mir im Grundsatz einig syd – dass mir mit üsere Wält eso umgöh, wie we mer e Zweiti im Gofererum hätte.

Hei mer aber nid!

# Lieblechs

D Liebi het e länge Aate,
d Liebi isch güetig;
si wird nie schaluus;
d Liebi plagiert nid,
si macht sech nid wichtig,
si het geng ds rächte Määs;
si wott nid alls für sich;
si lat sech nid la vertöibe;
si treit ds Böse nid nache;
si isch nid schadefröidig,
aber si fröit sech über d Wahrheit.
Si ertreit alls, si gloubt alls,
si hoffet alls, si steit alls düre.
D Liebi vergeit nie.
Gloube, Hoffnig, Liebi, di drüü blybe;
aber am gröschte vo ne isch d Liebi.

*Korrinther 1; 13*

# Chummerliebibier

«Herrlech!», rüeft si u zeigt ihres schönschte Lächle.

Mir hocke am Ufer vom See. Uf emene gäbige Bänkli. U mir gniesse d Summersunne, ds Plätschere vo de Wälle – u vor allem ds Nüttue. I gspüre ihri Hand. Si het mi fescht. I ha se fescht. Mir wei nes nümme la gah. Sy beidi inenand verliebt u gniesse zäme di prächtige Tage. E länge, warme, wunderbare Summer isch es hüür. Das isch di letschte Jahr anders gsy.

«Weisch no letscht Summer?», fragt si.

«Summer? Hei mir letschts Jahr e Summer gha? I weis vo Nüt.»

Mir lache.

Das Lache het e Gschicht. Üsi Gschicht. Wil denn, mit däm leide Summer, üsi Liebi aagfange het. Denn, wo der Früehlig nach churzem Blüeie fasch nahtlos i Herbscht übergange isch.


Syt Tage isch es nass u grau. Rägne tuets zwar no grad nid, aber e suure Luft strycht um d Husegge. Näbelfätze hange über d Decher y. Es Wätter zum Verleide. Derby söttis jetze doch sunnig u warm sy. Der Summer steit vor der Tür un i möchti doch ds warme, herrleche Wätter chönne gniesse. Möchti i d Badi ga lige, d Sunnerstrahle uf myre Hut la würke, e chli hinderelige u ds Nüttue pflege.

Aber jetze isch wider alls grau in grau!

I ha Fyrabe gmacht u hätti jetze eigetlech gäbig Zyt, dusse, inere Gartewirtschaft, ufene bequeme Stuehl z höckle. Zyt für bimene chalte, durschtlöschende Bier gmüetlech d Seel e chli la z bambele.

Aber nei! Für veruse z hocke u sechs inere Garte-
wirtschaft gmüetlech z mache, isch es z nass. Mittler-
wyle rägnets nämlech wider.

Ja nu. Was wott me?

I setze mi drum im nächschte Beizli, wo mer übere
Wäg louft, a nes gäbigs Tischli. Es isch ds erschte
Mal, das i hie inne hocke. Obwohl i scho öppe dran-
ne verby gloffe bi, isch mer das Lokal no gar nie uf-
gfalle. I luege mi e chli um. Gmüetlech ygrichtet isch
es. Rustikal, aber nid allzu alt. So, wien igs gärn ha.
Es Beizli zum Verwyle u zum Gniesse.

Erstuunt stellen i fescht, dass die hie sogar eigets
Bier braue. Das isch zwar hütt nümme so usser-
gwöhnlech. Mittlerwyle schiesse Chlynbrauereie wie
Pilze zum Bode us. Aber das isch ja o nid verwunder-
lech. Vor Jahre hei d Grossbrauereie di Chlyne uf-
gchouft. Mit em Resultat, dass vo denn a dene ihri
Bier fasch alli glych gschmöckt hei. Einheitsbier. Das
hei findegi Chöpf nid wölle akzeptiere u hei aagfange
sälber Bier braue. Drum gits hütt statt Einheitsbier e
grossi Vielfalt a underschidlechschtem Gärschtesaft.
E Trend, wo mir natürlech passt. I ha gärn Abwächs-
lig. Grad o bim Bier.

Myner bierseelige Gedanke wärde vonere – aaständ-
ig gseit – nid grad fröhlech dryluegende Frou under-
broche. Unaständig würdi säge: Si schrysst e Gring,
wo zeigt, dass für sii wärche nid nume aasträngend u
öd, sondern o total sinnlos z sy schynt. D Unfründ-
lechkeit hanget a ihrne Muulegge u d Körperhaltig
understrycht ihres Verhalte. Si lat nid nume d Schul-
tere la hange, sondern ihre ganz Körper drückt di ne-
gativi Stimmig us.

Di jungi Frou wott vo mir wüsse, was i wöll trinke. Won i es Bier bstelle, meint si troche: Summerchummer oder Chummersummer?

I hocke älwä wie nes Fragezeiche ufem Stuehl. Wil i bim beschte Wille di zwöi Wörter nid i Zämehang mit myre Bstellig cha bringe. D Bedienig schynt kes Verständnis u o ke Geduld z ha. Si fragt mi nämlech no einisch. Das Mal aber no mutzer: Summerchummer oder Chummersummer?

Wil my Gsichtsusdruck älwä no geng ke grösseri Erlüchtig zeigt, wird mir zimlech gnärvt erklärt, was es mit dene zwöi kuurlige Wörter uf sech het.

Syt Jahre braui me i däm Beizli ufe Summer häre zwöi Summerbier, erklärt das Huuri. Beidi syge geng mit summerleche Näme aabotte worde. Badibier, Sunnebröi, Feriebier, Summerbrüni, Wällebrächer, u no es paar anderi Näme zellt si uf. Wil aber ihrer Gescht di letschte drei Summer wäder sunnig no badig empfunde heige, syge d Lüt meh missmuetig als summerfröhlech i der Beiz inne ghocket. U älwä vor luter Läckmer sygi ds Personal geng wäge dene summerleche Biernäme aazündet worde. Näme, wo so gar nid zum Summer heige wölle passe. Wil ihre Chef gnue heigi gha vo dene leide Summer u dermit o gnue vo de Sprüch vo de übel gluunete Gescht, heigi är uf die Saison häre syner Biertitle dämentsprächend aapasst: Summerchummer u Chummersummer heissi die hüür. De chönni jede sälber useläse, öb er wägem Summer Chummer, oder öb er wägem Chummer ke Summer heigi.

Nach dere Erklärig stellt si wider d Frag nach myre Bstellig. Sichtbar glängwylet. I ha mi aber du nid no gwagt, der gschmacklech Underschied z erfrage u ha churzentschlosse es Chummersummer-Bier bstellt. Eh ja. Der Chummersummer steit vor der Tür. Ömel wen er so wyter macht wie di letschte Tage.

D Bedienig isch du wäggschlarpet un i ha mi wyter im Beizli ume gluegt. Es isch würklech mit vil Liebi zwäggmacht. Hie häre chiemti älwä no meh. Aber d Bedienig müessti de scho no e chli uftoue. Süsch chönnti de kes Capuccino bstelle. Da suureti nämlech sogar d Milch.

Ds Bier wo mer di Servierere bringt, gseht us wie nes anders Bier o. U wies bim Bier so isch: Der erscht Schluck schmöckt geng am beschte, löscht der erscht Durscht – u git grad der Nächscht. Drum isch mys Glas scho zimlech gly gläärt. Es isch es fein-schmöckigs Bier, dünkt mi. Würzig, erfrüschend u glych nid z bitter. Würklech es richtigs Summerbier. Da chönnte me derby sogar der Chummersummer vergässe.

Won ig mir ds Zweite bstelle, natürlech es Sum-merchummer-Bier, überlegen i, was für mi eigetlech e Summer usmacht. Oder äbe, wenn dass i vom Sun-nesummer würdi ds Gfüehl ha, är göngi langsam i Richtig Chummersummer.

Summer bedütet für mi Sunne, natürlech. De Wer-mi. Nid Hitz. Längi Tage, wo me cha dusse verbrin-ge. Gmüetlech zämehocke. Entspanne. Der Seel e chli Usgang chönne z gä u se i d Wält vo der Phanta-sie la z gah. Das isch für mi Summer.

Wo d Frou zuecheschlarpet u mer ds zweite Bier härestellt, hocket si e Momänt zue mer. I weis nid, was das söll. Ihri Gsellschaft bruchti eigetlech grad nid. D Usstrahlig wo si het, würdi nämlech länge, für nes Ross zum Gränne z bringe.

Es loufi grad nid vil hinech, seit si. Di Ussag irritiert. I ha zwar scho gseh, das nume no zwe Tische bsetzt sy. Aber ihre Ton? Dä klingt anders, als vori. Ersch won ig se aaluege, gsehn i, dass di Frou ja zwöi ganz verschideni Gsichter het. Ds Serviergsicht wo eim tschuderet, wil me nid gnau weis, öbs Schwärmuet oder Glychgültigkeit usdrückt. U jetze das hie, wo ... Ja, was drückts us? Fröhlechkeit? Härzlechkeit? Gwunder? Spitzbüebigkeit? Älwä alls mitenand. Es isch ganz eifach es härzigs Sunnegsicht, wo mir da entgägestrahlet. Es Gsicht wo mir guet tuet.

Mir gsprächle zäme. I erfahre, dass ihre Chef der Meinig sygi, zu dene zwöi Bier müessi ds Personal de o ds dämentsprächende Gsicht mache. Si findi das zwar idiotisch un es göng ihre total gäge Strich, so ne abglöscheni Mouggere müesse ufzsetze u so glängwylet müesse im Züg desume z schlarpe. Si sygi nämlech vo Art här e fröhleche Bewegigsmönsch. Aber was wöll si? Job sygi Job, meint si resigniert.

I säge ihre du, dass es mi schad dünkt, we me e schlächte Summer mit negative Biernäme no tuet z Bode reise. Un i cha mir o nid vorstelle, das e Beizer mit somene Konzept lang cha überläbe.

Da belehrt si mi du aber. Syt dass bekannt sygi, dass i däm Restaurant zwöi settegi Bier usgschänkt wärdi u dass ds Personal o dämentsprächend ufträtti, sygi der Umsatz massiv gstige. D Lüt chömi cho luege. Wils nöi sygi. Unbekannt u quer. Ds Bier interessieri nid so. Der Gäg aber scho. U äbe: ds Personal.

Da chömi der Eint oder Ander, wo us irgend emene Grund schlächt druffe sygi, öpper cho luege, wos o so schlächt heigi. Das tröschti, heigi si vo verschidene Lüt ghört. Aber äbe. Zum Wärche sygs gneitig. Geng so abglösche dür d Beiz z loufe, hänki aa. Drum fröji si sech albe, we öpper häre hocki, wo sech vo ihrem Bier, vo ihrer Mouggere u vo ihrer ufgsetzte schlächte Luune nid löji la aastecke. Drum heigi si Fröid, e chli zu mir z hocke. I sygi ihre sympatisch, meint si no u lachet mi mit ihrem härzige Gsicht aa.

Das stellt mi natürlech uf un i fröie mi, so ne ufgstellti Frou gägenüber z ha.

Leider duuret das Gspräch nid lang. Si mues wider ga bediene. Mit schwäre Schritt schleipft si sech zum Tisch mit de nöie Gescht. Was si für nes Gsicht macht, gsehn i nid. I wotts o nid gseh. Lache mues i aber glych, wen i dra dänke, dass das alls nume gspilt isch.

Wo si wider zu mym Tisch chunnt, bstellen ig bi ihre no es dritts Bier. Si fragt mi nid, was für eis. Si seit nume, si löji mer eis use un i chönni der Name sälber kreiere. Du chunnt si mit ihrem Chopf ganz nach zu mym u drückt mer es Müntschi uf d Backe. Lachet, setzt d Mouggere uf u dräit sech vo mir wäg.

Dä spontan Muntsch mues i zersch verdoue.

I luege ihre e chli bim Bediene zue. Si isch scho ne härzige Chäfer. U cha hervorragend schouspilere. I mues lache, wen i gseh, wie d Gescht hinder ihrem Rügge munkle. U lache mues i o, wil i gseh, wie wenig dass es brucht, dass me sech es Urteil bildet. Es brucht e negativ belaschtete Biername, e theatralischi

Bedienere u scho het me e Beiz, wo anders isch als alli andere.

Wo si ds dritte Bier vor mi häre stellt, fragt si mi lächelnd, öb i e Name für das namelose Bier gfunde heigi? I mues nid lang studiere u säge ihre, das Getränk heissi ab hütt Müntschi-Bier.

Si zeigt ihres schönschte Lächle. U Müntschi überchumen ig o. Aber nid nume eis. U de o nid nume uf d Backe.

# Bärndütsch, e Wunderwält!

Zur Bedütig vom Wort «ankommen» steit im Duden: «das Ziel erreichen». Sowyt isch alls klar. Erlüteret u greglet. Nume:

Was bedütet eigetlech ds Wort „aacho" i üsem Bärndütsch? Wils ke Mundart-Duden git, mues me sälber uf d Suechi. U merkt de no gly einisch, dass „aacho" o im Bärndütsch „ds Ziel erreiche" meint. Me cha aber de no e chli d Gedanke la weide. Me cha probiere z gspüre, öb da nid no e chli meh ume wäri. U de merkt me uf ds Mal, dass das Wörtli i üser Mundart no zwo wyteri Bedütige het.

Es Bispiel:

I bi aacho!
Schön!
Nei! Nid schön.
Isch doch schön, aazcho.
Nei, es tuet weh.
Warum de?
Wil i bi aacho – es blüetet.
Oh je! Was isch di de aacho?

I stuune geng wider, wie herrlech bluemig üses Bärndütsch doch isch!
Stuunet dir o?

# Bahnhof Länghei

Eigetlech isch er nüt Bsundrigs, der Bahnhof vo Länghei. U eigetlech isch es o ke Bahnhof, sondern höchschtens es Bahnhöfli. Sy Grössi entspricht öppe der Ywohnerzahl vo däm Dörfli. Drum hets eigetlech o kes Bahnhofgeböid. Nume es chlyses Hüsli. Es Hüttli. E Understand. Ja, eigetlech het mängi Tramhaltestell i der Stadt meh Platz, als dä Schärme, wo näbem Gleis steit.

U o Gleis het dä Bahnhof nume eis. Nüt, wo me chönnti chrüze. Eifach eis Gleis, ei Haltestell. Ke Underfüehrig. Nüt.

Aber es längt. Meh bruchts nid für di wenige Lüt, wo hie zwüschyne ystige. Es sy meischtens Pendler, wo der Zug bruche für i d Stadt. Drum steit jede Morge, ömel a de Wärchtige, es Tschüppeli Lüt äntwäder a de Bahngleis oder si drücke sech – je nach Wätter – zum Schärme zueche.

Der Mönsch sygi es Herdetier, seit me. We me aber über nes paar Morge würdi d Lüt a däm Bahnhöfli ga beobachte, de würdi me merke, dass der Mönsch ganz wyt entfernt isch vom erwähnte Herdeverhalte. Di meischte Lüt stöh am Morge geng ufem glyche Plätzli, göh, we der Zug yfahrt, zu der glyche Tür y u hocke geng a glych Platz. We de dä dür öpper bsetzt isch, wo ussergwöhnlecherwys dä Zug benutzt, wird er mit vernichtende Blicke gstraft. Der Mönsch isch also i kere Art u Wys es Herdetier. Är isch e Einzelgänger. Ömel wen er Tag für Tag ds Glyche mues mache.

Dä Einzelgänger underscheidet sech aber. Ömel am Bahnhof. Da gits settegi, di stöh scho meh als füf Minute bevor der Zug yfahrt, ufem Perron. Das sy di Gmüetleche. Die, wo nüt cha dürenand bringe.

Di Andere sy die, wo sekündele. Die wo genau ei Minute, bevor der Zug yfahrt, nid gstresst, aber mit bestimmtem Schritt, em Zug zuestüre.

Di dritti Gruppe – si sy zum Glück sälte – sy di Juflige. Dass sy d Gränzgänger. Die, wo no a Türchnopf müesse drücke, we der Zug scho wider wott abfahre. U mängisch tuet ne de der Lokfüehrer d Tür no uf. We nid, het er Glück, dass er nid ghört u älwä o nid gseht, was si ihm hindenacherüefe u mängisch o mit der fasch zuenige Fuscht nachezeige.

Hütt am Morge isch aber alls e chli anders. Di Gmüetleche warte scho lengeri Zyt. Di Gnaue stöh o scho lenger da u sogar di Juflige müesse warte.

Vori hei si nämlech gseit, der Zug heigi guet füf Minute Verspätig.

U d Reaktione sy o dämentsprächend. Di Gmüetleche stöh wyterhin gmüetlech a ihrem Platz. Di Gnaue luege äntwäder uf d Uhr oder drücke öppis uf ihrem Smartphone desume. U de di Juflige? Di teile sech i zwo Sorte. Di Einte gheie fasch i sech zäme, wil si vor luter jufle so aagspannt sy gsy, dass si jetze d Entspannig chuum möge ertrage. Si stöh da wie nes Hüffeli Eländ oder lähne sech a nächschtbeschte Pfoschte, Treger oder Ständer. Si sy knickt, knitterig u pendle zwüsche grad wider wölle yschlafe u Red Bull Bedarfströim. Di Andere, die wo äbe nid knickt sy, sondern älwä scho so ne Energy-Saft intus hei, di tigere. Si loufe hinder de Lüt, wo ufe Zug warte, düre. Hin u här. Unruehig. Ständig i Bewegig. Wie we si müesste befürchte, dass si zämegheie, we si würde blybe stah. Der ständig Blick uf ds Smartphone, de wider a d Aazeig ufem Perron, de wider uf d Bahnhofuhr u zrugg uf ds Smartphone. Wie we si wette luege, öb d Zyt ufem Smartphone identisch isch mit dere vo der Bahnhofuhr. Si mache also eigetlech luter nutzlose Züg. U di Gmüetleche frage sech i so Situatione, was das ömel o für armi Lüt sy, di Settige.

Uffalle tuet eim – bi all däm, won i scho beschribe ha – dass eigetlech niemer mit öpperem redt. Es sy alli schwygsam. Stöh da, lähne sech a oder tigere. Nume rede tuet niemer. Nid emal mit sich sälber. Einsami Lüt ufem Perron. Es einsams Volk, di Pendler.


Nid ganz. Die zwöi, wo de später i vorder Teil vom Zug wärde ystige, lafere zäme. Wei mer e chli ga zuelose?

Si: «Guete Morge.»

Är: «Guete Morge? Dä guet Morge fat ja scho mit Verspätig aa.»

Si: «Gschyder spät als nie.»

Är: «Chönntisch eigetlech no rächt ha.»

Si: «Gäll.»

Är: «Ja. U jetze müesse mer no füf Minute warte bis mer wyter chöi.»

Si: «Muesch du eigetlech wyt.»

Är: «Es geit. U du?»

Si: «Nei, nid so.»

Är: «Scho no schreg. Mir fahre älwä syt Jahre geng um di glychi Zyt ...»

Si: «... styge geng i glych Wage y ...»

Är: «... hocke meischtens enand vis a vis ...»

Si: «... u hei no nie es Wort zäme brichtet.»

Är: «Jede luegt halt für sich.»

Si: «De isch für alli gluegt.»

Är: «Wie heissisch du eigetlech?»

Si: «Helen. U du?»

Är: «Marc.»

Helen: «Wenn chunnsch du am Aabe zrugg?»

Marc: «Geng em halbi sibni.»

Helen: «Ersch? I bi e Halbstund früecher dranne.»

Marc: «Schad.»

Helen: «Warum schad?»

Marc: «So verpasse mer enand.»

Helen: «I chönnti ja e Halbstund später fahre.»

Marc: «De gsehte mer o denn enand.»

Helen: «Wäri schön.»

Marc: «Ja, es würdi mi fröie.»

Helen: «Mi o!»

Marc: «Ou, mir sötte älwä ystige.»

Helen: «Süsch verpasse mer ne no.»

Marc: «Wärs schlimm?»

Helen: «Scho nid.»


Wei mer wüsse, öb die Zwöi i Zug ystige oder ufe Nächscht warte? I dänke nid. I dänke, mir hei gnue gseh u gnue ghört u wei nes fröie dranne, dass zwe Mönsche a däm Morge meh hei gmacht als ufe Zug gwartet. U wär weis, wie vil meh da drus no wird. Aber überlö mer das doch dene beide – oder üser Phantasie.

# D Liebi im Glychschritt

Vor mir louft es älwä rächt verliebts, jungs Päärli. Si gä sech d Hand u loufe im Glychschritt. Das heisst, äbe nid ganz. Wil ...

We beidi näbenand würde loufe, ohni enand d Hand z gä, hätte beidi – als Bispiel – der lingg Fuess vorne. U dermit di rächti Hand o vorne. So chönnte si im Glychschritt loufe u hätti Händ u Füess geng i der genau glyche Bewegig wie ds Andere. Rhythmisch.

We si aber enand d Hand gä u wette im Glychschritt loufe, würdi dä Rhythmus gstört. Der Maa – näh mer aa, är loufi links vo der Frou – hätti sy lingg Fuess u di rächti Hand vorne. D Frou, we si ihre lingg Fuess vorne hätti, hätti ihri linggi Hand hinde. We si enand wei d Hand gä, mues eis vo beide sy Rhythmus underbräche, also im Bassgang loufe.

Dir säget jetze sicher, das Problem wäri z löse, we si vo de Füess här nid glych würde loufe. Also der Maa mit em lingge Fuess vorne u d Frou glychzytig mit em Rächte vorne wäri. De wäri di rächti Hand vom Maa vorne u di rächti Hand vo der Frou o. De würdis passe. Nume chönnte si uf di Art nid allzu äng näbenand loufe, wil der Körper vom Maa uf di rächti u der Körper vo der Frou uf di linggi Syte würdi plampe. U bim Schrittwächsel würde si anenand putsche. Was ja wäder rhythmisch no romantisch wäri.

I ha mi fasch nid chönne überha, dene Beide da vor mir ga z säge, si sölle de i ihrem hoffetlech künftig gmeinsame Läbe geng dra dänke, dass es würklech harmonisches Mitenand nume müglech isch, we me sech zwüschne lat la gah.

# Nachrichtesprächer

Är steit uf u leit sy Jagge aa. Hänkt der Rucksack a Rügge, steit i Gang use u reihet sech bi de Lüt y, wo im Zug inne uf ds Usstyge warte. Är isch froh, dass er use cha. Di füechti, stickegi Luft im Zug isch für ihn jedesmal e Qual. Är het di Zyt nid gärn, we alli Lüt i nasse Chleider im Zug hocke. D Luft wird füecht u dermit o d Schybene. Me gseht nümme use – usser me putzi mit der Hand über ds Glas. Was er äbe nid gärn macht, wil er no lieber ke Ussicht als nassi Händ het.

Won er ufem Perron steit, atmet er es paar Atemzüg töif y. Das tuet guet!

So loufet doch! Das Schlärpele närvt ne, wie sälte öppis. Är isch eine, wo sy Jugendzyt nid imene Bahnhof wott verbringe. Drum schlänglet er sech geng dür d Lüt dür, stüpft da eine e chli uf d Syte, egget dert e chli aa. Är macht das zwar nid gärn. Aber a d Langsamkeit vo de Bärner wird er sech älwä nie gwahne. Syt drü Jahr wärchet er jetze scho i dere Stadt. Als Zürcher chunnt ihm Bärn geng no e chli frömd vor.

D Stadt dünkt ihn zwar no sympatisch. Bärn het e schöni Altstadt. Das mues me ne la. Un es schöns Stadion hei si o. Ds Wankdorf – är seit däm mittlerwyle o eso u nid Stade de Suisse – isch sehr schön un är als Zürcher benydet d Bärner um das Schmuckstück. Ja nu. O d Zürcher wärde i de nächschte Jahr es Stadion übercho. Natürlech es grössers als das z Bärn. Mit Hochhüser näbedranne. Äbe zürcherisch. Geng e chli grösser, besser, schnäller.

Vor allem schnäller.

Da gits würklech sehr grossi Underschide zwüsche Bärn u Züri. Emene Zürcher chiems zum Bispiel nie i Sinn, ufere Rollträppe links blybe z stah. Für ne Zürcher isch es klar: Rächts steit me, links geit me. Aber z Bärn? Da steit me! Für die isch es logisch, dass me e Rollträppe nid o no als Stäge brucht. D Bärner bruche das Ding für drufzstah u sech gmüetlech la ueche z befördere. Si schyne das sogar no z gniesse. Für ihn als Zürcher unverständlech. E Rollträppe isch schliesslech nid nume derzue da für eim ueche z bringe, sondern für eim no schnäller ueche z bringe. Was heisst, me cha zuesätzlech zu der Hilf vo der Rollträppe ja o no sälber öppis tue. Also no loufe zum fahre. Das isch jedem Zürcher logisch. Aber kem Bärner. Leider.

Leider für ihn. Di erschte Monet, won er hie gwärchet het, isch er bim Loebegge i ds Tram gstige für a d Schwarztorstrass z fahre. U i de Tram inne hets ne no grad einisch gnärvt. Wil di Bärner eifach nid hei wölle vorwärts mache. Z ersch lö si alli Lüt, würklech alli Lüt la usstyge. De luege si, öb vilich de no öpper e chli verspätet chönnti cho, wo use wetti. U ersch denn, würklech ersch denn, styge si gmüetlech i ds Tram y. Närvig so öppis!

Won ers du einisch e chli dusse gha het, het ers anders gmacht. Är isch z Züri ganz vorne i Zug ygstige u isch z Bärn bi der Wälle use. Syt denn louft er i ds Studio. So chan er di Plagerei im Tram umgah. U tuet mit dene zäh Minute Fuessmarsch ersch no öppis für sy Gsundheit.

U ufem Wäg chan er sech de o no grad e chli vorbereite uf sy Job.

Är isch Nachrichtesprächer bim Radio. Syt drü Jahr. Pendlet syt drü Jahr vo Züri uf Bärn. U hütt het er Nachtschicht. Klar, dass es ihn preicht het für am Heilige Aabe u während der Heilige Nacht z wärche. Är isch ledig u drum hei all die, wo deheime Familie hei, frei übercho. Är versteit das u fröit sech uf dä speziell Aabe. Zuehörer wird er älwä nid vili ha. Ömel sicher weniger als normalerwys. Wär lost schliesslech am Heilige Aabe scho, was alls für Tragödie uf dere Wält passiert sy?

Im Studio isch o nid allzu vil los. Amene settige Aabe wird der Betrieb uf ds Minimum achegfahre. Drum mues er es paar Sache, wo süsch anderi Redaktore normalerwys für e Sprächer vorbereite, sälber erledige.

Är list d News vo de verschidene Aabieter. Stellt das zäme, won er de Lüt wott säge. Es sy di üebleche Nachrichte: E Schiesserei i de USA, wos füf Toti ggä het, e Sälbschtmordatentäter z Mosambik, wo meh als zwänzg Lüt mit i Tod grisse het, es Familiedrama z Dütschland un e Tsunami, wo schynbar hütt Namittag z Indonesie gwüetet het. De no ei oder zwo Sportnachrichte u zum Schluss ds Wätter. Also nüt ussergwöhnlechs. Ussert vilich der Tsunami. Da chönnti im Verlouf vo der Nacht no ds Einte oder Andere derzue cho. D Schäde sy schynbar no lang nid alli bekannt. U d Zahl vo de Tote chönnti no aastyge. Är nimmt sech vor, das zwüsche de einzelne Sändige im Oug z bhalte.

Wie gwahnet, list er d Nachrichte, won er z erscht Mal i de Achtinachrichte wott verzelle, einisch lut vor. Es maches nid alli eso. Aber für ihn isch das wichtig. Das Vorspräche zeigt ihm Fähler, wo chönnte ufträtte. U mit em sich sälber ghöre, füehlt er sech vil sicherer. Närvosität isch drum für ihn kes Thema. Är isch sicher, füehlt sech sicher u so tönt er de o – routiniert, findet är.

Während em Läse vo de Nachrichte dänkt er drüber nache, was äch di Aaghörige vo dene, wo z Amerika erschosse sy worde, für ne Wiehnachte wärde ha. Oder o a di Familie z Dütschland. Wie wird Wiehnachte für die sy – nach so emene Drama? Normalerwys het er kener settige Gedanke. List d Nachrichte emotionslos ache. Bringt se ohni Gfüehl z zeige zu de Hörer. Professionell.

Hütt isch es aber e chli anders. Di Nachrichte, won er z läse het, drücke ne. Belaschte ne. Isch es äch, wils Heilige Aabe isch? Isch er drum so empfindlech. Isch er drum so gfüehlsbetont? Är weis es nid. Weis nume, dass ne di Gedanke a di Überläbende belaschte. Un er dänkt, was für ne Belaschtig all syner Hörer wärde ha, we si am Heilige Aabe ghöre, was für brutale Züg Mönsche uf dere Wält gägenüber anderne Mitmönsche verüebt hei. Am Heilige Aabe! Me sötti doch a so emene Aabe nid no so schlächti Nachrichte überbringe.

Är isch scho lang nümme am Läse. Nume no am Dänke. Dänkt dra, wie das für d Hörer wäri, wen er d Nachrichte würdi usse la. Alls Schreckleche, wo uf dere Wält passiert, für nes Momänteli würdi uf d Syte tue, damit d Lüt der hoffetlech fridlech Aabe ohni Horrormäldige chöi gniesse.

Är luegt uf d Uhr: No ei Minute bis zu de Nachrichte. Söll er ...? Darf er ...? Nei natürlech darf er das nid. U wen er würdi, wäri das höchscht unprofessionell u würdi ihm mindeschtens e schwäri Rüg bringe. No e halbi Minute. Är schiebt ds Mikrofon i di richtegi Höchi. No zäh Sekunde. Drü, zwöi, eis: «Sie hören die Nachrichten von Radio SRF. Ich habe mich soeben entschieden, ihnen bis Mitternacht keine Nachrichten, keine Schreckensmeldungen, keine Horrorszenarien, also keine News mehr zukommen zu lassen – mit Ausnahme dieser hier: Ich wünsche Ihnen allen eine gesegnete, ruhige, friedliche, lichterfüllte und vor allem nachrichtenlose Weihnachtsfeier.»

# Natürlechs

Vilich isch es de Affe gar nid rächt,
dass mir mit ihne verwandt sy.

*Michael Richter*

# Hardermanndli

We me z Interlake vo der Höhematte us gäge Harder ueche luegt, gseht me mitts am Bärg, i Felse ghoue, es Gsicht vomene strube Kärli. Di Yheimische säge ihm „Hardermanndli".

Oberhalb vo dere Fratze, fasch als wetti si e Büschel Haar vo däm Gsicht darstelle, steit e grossi, chräftegi Bueche. Syt Jahrzähnte trotzet si dert Wind u Wätter. U Jahr für Jahr erfröit si Jung u Alt mit ihrne grüene Bletter. I der Bueche inne, e chli oberhalb vo der Mitti, het es jungs Blettli grad sy letschti Entfaltig hinder sech. Es lüchtet im helle Grüen u luegt e chli stober, aber glych nöigyrig, um sech um. Diräkt vor ihm hanget es chräftigs, grosses, dunkelgrüens Blatt.

«Hallo, du chlyses Blettli», grüesst das jetze. Üses Geburtstagschind erchlüpft nid ab dere Begrüessig. Viel z sanft sy d Tön vom Gägenüber.

«Wo bin i?», wagt sechs z frage.

«Du bisch im Harderwald. Anere alte, grosse Bueche», überchunnts zur Antwort.

«U was machen ig de hie?»

Da runzlet sech ds grosse Blatt e chli u überleit, wies äch am beschte wölli aafa mit erkläre. Äs isch nid ds erschte Mal, wos so öppis gfragt wird. Es isch aber geng wider es heikels Unterfange, will di junge Bletter ja no nid viel vom Läbe wüsse.

Es probierts jetze: «Weisch, du bisch hie a däm Boum, für zäme mit vilne andere Bletter z hälfe, dass di Bueche cha läbe. Di Ufgab isch es, em Holz Nahrig us Luft, Räge u Sunne z gä. Dür das chöi aber o mir alli läbe – will mer ja o ufe Boum aagwyse sy.

Im Herbscht stärbe mer u de wärde üser Überräschte hälfe, d Wurzle z werme, so dass sech der Boum düre Winter dür cha erhole. Im Früehlig trybt er de us u mir wärde wider gebore. So geit dä Kreislouf mängs, mängs Jahr.»

Di Erklärig isch für üses Blettli e chli vil gsy. Äs het sech probiert still z ha. Dass das gar nid so eifach isch, hets gly einisch gmerkt. Der Luft, wo vom Brienzersee här gwäyt het, het ihns geng wieder gschüttlet. Aber es het sech probiert dergäge z wehre.

«Muesch nid chnorze», seit jetze ds alte Blatt verständnisvoll. «Es treit di nüt ab. Muesch di eifach la gah. Chasch di la weiggele vom Luft. Wen er so lüftlet, tuet er der nüt. Ersch im Herbscht, we de der Föhn aafaat blase, de wirds ungmüetlich. Aber bis denn hei mer no lang Zyt.»

Dadermit het sech ds alte Blatt gäge d Sunne gchehrt u het sech vom Wind la strychle. Sym Gägenüber isch das alls e chli unghürig vorcho. Aber es het der Rat befolgt u gly einisch hets ihm aafa gfalle. Es het sech la buttele u het d Sunnestrahle gnosse.

Churz vor em Ynachte het du das alte Blatt mit de Erklärige wytergfahre: «Weisch, vor mängem, mängem Jahr, wo d Bueche no ganz chly isch gsy, bin ig ds erschte Mal hie gebore worde. I dere Zyt sy mer nume ganz wenegi Bletter gsy. U ds eltischte Blatt het üs de e chli chönne erkläre, wie ds Läbe als Blatt so isch. Mittlerwyle han ig scho e Huffe Bletter gseh cho u ha scho mängem gholfe di erschti Zyt z überstah. I weis scho, was di plaget. Im Momänt isch es der Gwunder, wo de wettisch befridige. Speter de, so gäge Summer zue, wirsch es lehre gniesse. Churz bevor der Herbscht Yzug haltet, föh di d Frage nach em Sinn vo dym Läbe aafa interessiere. U dadermit de o d Frage nachem Sinn vo dym Stärbe. Das wärde de Frage sy, wo der bis ganz yne göh. Drum: Gniess jetze di warmi Früehlingssunne, gniess das schöne Wätter u lueg e chil d Umgäbig aa. Nachegrüble chasch de später. Das chunnt de ganz vo sälber. Nume la der eis no gseit sy: Wes de öppe sötti schuurig grüüslech töne vo da unde ueche, de erchlüpf nid. Das isch nume ds Hardermanndli wo wider einisch jammeret. U damit de weisch, warum dä so grüüslech tuet, verzellen ig der jetz no syni Gschicht. Weisch, das Manndli isch früecher e Mönch gsy. Är het unde im Chloschter z Interlache gläbt. Eines Tages isch er emene Meitschi usem Stedtli nache gstrielet u hets düre Harderwald uf tribe. Das Meitschi isch fasch umcho vor Angscht. U isch du, wills nümme het chönne flieh, hie, grad da, wo üse Boum steit, über d Flue us. Der Mönch aber isch zur Straf i Stei verwandlet worde. Syt denn mues er hie läbe i syre ungmüetleche Lag. U drumm isch er de öppe einisch unzfride u hässelet alli um sech um aa.»

Nach däm stränge Tag u dene vilne Erklärige isch ds Blettli langsam müed worde u isch nahdisnah ydöset.

Plötzlech isch es erwachet!

«Warum nume? Ohhh! U wie lang no? Ohhh, ohhh, i bi doch jetze würklech gstraft gnue?»

E unheimlechi Stimm het brüelet. Der ganz Boum het zitteret. Em Blettli isch es Angscht u Bang worde, obwohl dass es gwüsst het, wär dä Brüeli isch.

«Uh isch dä unheimlich!», seits zu sym Gspändli.

Es het sech mit de eigete Wort e chli probiert z beruehige.

U glych het ihns du dä Kärli aafa tuure: «Warum mues de dä so lang sy Straf absitze?», hets du schliesslech ds alte Blatt lysli gfragt.

«Ja weisch. Eigentlich isch o das e ganz e längi Gschicht. U du wirsch se ersch einigermasse begryffe, we du scho mängs Jahr a däm Boum gläbt hesch. Will du aber gwundrig bisch, probieren ig dirs z erkläre – ömel sowyt ig das sälber ha glehrt verstah.

Also. Uf üsere Wält hets allergattig Läbewäse. Pflanze, Tier u Mönsche. U jedes Läbewäse, syg das e Mönsch oder e Fuchs, e Vogel, oder äbe es Buecheblatt, wird so mängisch uf d Wält gebore, bis dass es die a ihns gstellti Ufgab erfüllt het. D Pflanze u d Tier chöi das enand erkläre. Mir chöi enand hälfe, das z verstah. Drum gseh mir o der Sinn i üser Ufgab. D Mönsche aber, di chöi das nümme. Früecher isch das no anders gsy. Da hei si mit der Natur gläbt. Hei sech als Teil vo der Schöpfig gseh. Mitlerwyle meine si aber, si stöhie über der Natur. U jetze wei si sech die sogar zum Undertan mache. Ja, schlimmer no! Es paar vo ihne wei sech sogar di andere Mönsche zu Undertane mache. Daderdür chunnt ne aber ds Wüsse, wo ne der Sinn vom Läbe würdi zeige, ab Hande. Jede Mönsch het nämlech – wie mir o – sy Ufgab z erfülle. E klari Ufgab. Mit Sinn u Zwäck. Aber syt dass der Mönsch wott über allem stah, versteit er das nümme. So het o üse Mönch nid begriffe, dass er sech das Meitschi nie hätti dörfe zum Undertan mache. U drum het er di herti Straf übercho. Aber statt das er jetze würdi drus lehre u sech würdi i sy

Situation füege, truuret er jedes Jahr nöi sym Schicksal nache. Ersch wen er wird sys – yverstande – herte Läbe akzeptiere, ersch wen er wird ygseh, dass o es Läbe als Hardermanndli e Sinn het, ersch denn wird er chönne sy Platz verla.»

Ds junge Blettli brucht nid lang für di nächschti Frag z stelle: «Ja, was isch de der Sinn vo sym Läbe?»

«Weisch, d Mönsche, wo da unde ufem Bödeli läbe u äbe der Läbessinn nümme chöi gseh, müesste nume e chli ueche luege zum Manndli. De würde si mängs besser begryffe.»

«Du meinsch, dass der Luft, wo blast, d Vögel, wo desume flüge, der alt Buecheboum, wo sech im Wind weiggelet, aber äbe o ds Hardermanndli wo sy Straf absitzt, dass all das sy Sinn u Zwäck het? Dass alls e Kreislouf isch, wo niemer drus use cha?»

«Ja, genau so isch es. So lang d Mönsche das nid wei verstah, wärde si unzfride sy u unzfride blybe. U so lang ds Hardermanndli nid wott verstah, dass es da isch, für de Mönsche da unde di wichtegi Information z gä, so lang wird äs hie obe müesse blybe.»

Mit em letzschte Wort, wo ds alte Blatt gseit het, het ds Hardermanndli wider fürchterlech aafa jammere.

Ds Blettli aber het sech vorgno, sys Läbe ganz i Dienscht vom Buecheboum z stelle. Äs het sech vorgno, alls dra z setze, de andere, wo um ihns um läbe, z hälfe. Äs het jetze gwüsst, dass es ihm nume wird guet ga, wes de andere o guet geit. U die Ufgab, zu de andere guet z sy, het ihns gfröit u gstercht.

# Beieli

Es isch no gar nid eso lang här, da het si um all die Vycher, wo desumeflüge u chöi stäche, e grosse Boge gmacht. E so nes surigs Flugding het ihre ds feinschte Ässe chönne vermyse, wil si – we sech zum Bispiel es Wägsi gnecheret het – ufgstande u gflüchtet isch.

Dir lachet se jetze sicher us. Schliesslech isch si ja kes chlyses Chind meh, wo ab somene chlyne Dingeli würklech müessti Angscht ha. Si isch erwachse u steit mit beide Bei im Bruefs- u Privatläbe.

Si het se aber gha, di Angscht. U di het sech nid la wägdiskutiere. Nume la wägdänke het si sech du. U das isch eso cho.

Ufemene Gschäftsusflug isch si einisch amene Vortrag gsy, wo en eltere Maa über d Beieli verzellt het. Si isch denn mit mässigem Interesse häreghocket u het dä Vortrag eifach wölle la verby gah. E Vortrag über so Stächzüg ...

U du het dä Maa aafa verzelle. Nid öppe yfrig. Nei, gmüetlech. Bedächtig. U eifach. Het verzellt, was syner Tierli dür ds Jahr dür alls mache. Är het se fei e chli grüehmt. Aber nid nume. Är het o verzellt, wie si mängisch Krach hei underenand. Wie si sech o chöi bekämpfe. U het o verzellt, mit was für Problem sech di chlyne Tierli während ihrem Läbe müesse desumeschla. U eis vo dene Problem isch o der Mönsch.

Das isch ere denn yne, dere Frou!

Wo si du deheime ds nächschte Mal vor emene Beieli het wölle flüchte, isch ihre dä Maa i Sinn cho. U si het afe einisch probiert z luege, was das de überhoupt für nes Tierli isch, wo se da bsuecht. Eh ja, si het ja ghört, dass es Beieli nid eifach es Beieli isch. Dass es Underschide git.

Das hie isch es Schöns gsy. Eis mit zimlech vil Gälb dranne. Si het mittlerwyle gwüsst, dass d Beieli eim – im Gägesatz zu de Wägsi – gar nüt tüe, we me se i Rueh lat u se nid i d Ängi trybt. Glychwohl het si ihres Ässe la stah. Si isch aber nid gflüchtet, sondern isch däm Beieli hindernachegloffe. U du het si gseh, dass a ihrer Chrysantheme ganz e Huffe vo dene Vychli sy gsy. Gwärchet hei – wie ihre vom Vortrag här i Sinn isch cho.

Du het si ne zuegluegt. Lang zuegluegt. Ds Ässe isch erchaltet.

Di Beieli sy vo Blüete zu Blüete gfloge. Mängisch drü, vier Mal zu der Glyche, obwohl die fasch ke Blüetestoub meh gha het. U we si voll glade sy gsy, isch es heizue ggange. Mit der Zyt het si sogar der Flugwäg chönne erchenne, wo si brucht hei. Ydrück-lech! Ydrücklech, wil si gseh het, wie arbeitsam das Volk isch. Aber o wie strukturiert u organisiert.

Fasch wie bi de Mönsche, isch ihre e Gedanke cho.

Aber d Mönsche würde – we si Beieli wäre – ds Ganze natürlech no e chli besser mache. Oder ömel effiziänter. Si würde nämlech jedi glärti Blüete mar-kiere. Zum Bispiel mit Farb usere Spraydose. Dader-dür chönnte si Läärflüg eliminiere, was der Ertrag pro Flug würdi erhöche. De würde si es GPS ysetze, wil das ne der chürzischt Wäg würdi zeige. U de würde si o irgendwo e Waag yrichte, damit si chön-nte luege, öb ds Maximalgwicht für e Transport i ds Lager würklech erreicht wäri. Daderdür chönnte si Halblärflüg verhindere.

O bi de Blueme sälber würde si optimiere. Si würde se dünge u si würde Blueme züchte, wo müglechscht vil Blüetestoub würde entwickle. U Arte, wo nume wenig Blüetestoub würde ergä, würde si usschoube u dür Ertragsrycheri ersetze. Es giebi no wyteri Maximierigsmüglechkeite, wo d Mönsche würde aawände.

Ds Resultat wäri zämegfasst eifach das, dass d Mönsche effiziänter wäre als d Beieli.

Nach all ihrne Überlegige stellt sech d Frou Frage: Wäri effiziänter uf ds Gsamte gseh würklech o besser? Oder sötte me nid vilich gschyder ds Ganze einisch umchehre? Statt dass me würdi überlege, was me effiziänter als d Beieli chönnti mache, sech würdi überlege, was me bis jetze schlächter gmacht het als di Vychli? De würde me vilich merke, dass di mönschlechi Effiziänzsteigerig über ds Ganze gseh, nid grad vil här gieb. Dass die älwä meh würdi kaputt mache, dass die älwä scho meh kaput gmacht het, als dass si de Mönsche Nutze bracht het.

U me würdi vilich wider aafa stuune über das wunderbar wärchige Volk vo de Beieli. Würdi stuune, was so chlyni Tierli für ne riise Arbeit leischte.

# Juri

«Souhung!», pääget mer eine übere Zuun zue. U luegt dry, wie wen er mi wetti umbringe. Derby han ig ihm gar nüt aata. I wetti doch eifach nume mit ihm e chli brichte. Aber nei! D Lüt loufe geng nume näbedüre u säge nüt. Oder äbe de so wüeschti Wörter, wie dä da jetze grad gseit het.

Un i cha ja o nüt derfür, dass i hinder däm Zuun mues blybe stah. I wetti ja liebend gärn no wyter füre. Füre zu dene Lüt. Für nid nume mit ne z brichte sondern o mit ne e chli Kontakt z ha. Das wei si aber um ds Töde nid. E Zuun het häre müesse. Es sygi süsch z gfährlech, hei si gseit. Derby ...

I bi doch nid gfährlech. Vilich e chli lut. U – was i scho syt lengerem gmerkt ha – myner Zähn gseh si nid gärn. Si hei älwä Angscht vor ne. Aber i würdi doch niemer bysse. Ömel nid, we si aaständig zu mir sy. Guet. Die wo äbe «Souhung!» zue mer säge, dene würdi de scho e chli a d Wadli gah, wen i chönnti. Aber nume dene. De Andere nid.

Wen ig mirs aber gnau überlege: Giebs de di Andere? Syt ig hie uf däm Rase desumespringe, syt ig alli Lüt, wo a däm Wäg da vorne verby loufe, tue grüesse, hets chuum öpper ggä, wo nid hässig, verruckt, unverständlech oder sogar bös zu mir ache gluegt oder mer e Schlämperlig aaghänkt het.

U all die würdi älwä scho e chli schnappe, wen i chönnti. Eh ja, wär miech das nid? We me ständig nume aapöblet wird? Sälber d Schuld! Würdi die sech mir gägenüber aaständig benäh. De würdi o eifach nume boule. Zum Grüesse. Eifach nume für tschou z säge.

Aber nei! Si müesse geng kläffe, we si bi mir düre-
loufe. So, dass i albe fasch Angscht überchume u halt
de mues zeige, dass i de o chönnti, wen i wetti. De
kläffen i o. Aber de no lang nid so lut, wie die män-
gisch tüe. We die nämlech usrüeffe, de tönt das i my-
ne Ohre vil lüter als mys Kläffe.

Si sy halt scho komisch, di Mönsche. Ömel mir, em
Juri, em Terrier, gägenüber.

# Im Zoo

Geschter bin i im Zoo gsy. Es het nume wenig Lüt gha un i ha mi druf gfröit, mit mym Fötteler ds einte oder andere Bildli chönne z schiesse. U das geit äbe gäbiger, we eim nid geng öpper im Wäg steit.

Als Erschts bin ig bi de Affechäfige verby cho – u bi dert blybe hange ...

Im Freie usse isch nume e Orangutang gsy. Z oberscht im Gheg, z usserscht ufere Aschtgable isch er ghocket. Är isch älwä ds Zmorgeässe am Verdoue gsy. Gross bewegt het er sech nid. Drum bin i yne i ds Geböid u ha mi vor de Gorilla nidergla. Am Aafang isch so ne Risebady Mitts i däm Gheg ghocket u het vor sech häre gstieret. O är het usgseh, wie wen er vom Zmorge chiem. Grad won i wider ha wyter wölle, chunnt vo hinde här es chlyses Gorillachind. Äs isch näbe Gross ghöcklet u het ne vo unde ueche aagluegt. E chli unschlüssig. Der Gross het nüt derglyche ta. Ds Chlyne isch ufgstande un em Grosse übere Rügge uf gchlätteret. Du het das Spieli aagfange. Es Spieli, wo mir o vo de Mönschechind här bekannt isch. Ds Chlyne het probiert d Muetter z bewege, mit ihm z spile. Die isch aber – im Gägesatz zu mänger Mönschemuetter – eifach dert ghocket u het wyterhin vor sech häre gstieret. We de ds Chlyne z übermüetig isch worde oder wes sech i ne gfährlechi Lag manöveriert gha het, het d Muetter churz mit em Arm oder em Bei e chli gschützt oder nachegholfe u isch du wider i ihrer Lethargie versunke. Es isch es berüehrends Luege gsy, wie di Muetter Zyt gha het, da z sy u la z mache. Öppis wo üs, i üsere schnällläbige Zyt ja abgeit: da sy u la mache.

Statt no anderi Tier ga aazluege, bin i di ganzi Zyt vor däm Chäfig ghocket u ha dene Zwöine u später du o no de andere Gschwüschterte zuegluegt, wie si gspilt, zangget, glölet, gnärvt u provoziert hei. Rund um di stoisch ruehegi Muetter, wo sälte ygriffe het. Aber da isch gsy, wes bränzlig isch worde.

Hütt hei si älwä süsch z tüe, d Lüt. Normalerwys chöme meh us ihrem Chäfig füre u zeige sech üs.

Es isch scho es gspässigs Völkli, wo da hinder dere Schybe ygsperrt isch. Si glyche üs ja. Zwar sy si e chli bleicher als mir u o ihrer Haar sy e chli schitterer. Mit ihrer Körpergrössi müesse si älwä scho e chli zunenand luege. Chrank sy erlydets de nid z lang, wil, Resärve hei die ja gar kener. Es git ere, wo hei. Aber di Meischte sy beimager u drum älwä o so bleich.

Was die aber o geng veranstalte bringt mi öppe einisch zum Lache. Chürzlech isch so nes Rudel hinder der Schybe gstande. Si hei plaget usgseh. Vilich sys Usgstosseni gsy. Si sy bsunders bleich gsy u hei o ganz schmali Ouge gha. Vilich hei si drum ständig so Dinger, wo mängisch sogar explodiert sy, vor ihrne Ouge. Das Explodiere het mer weh ta i myne Ouge un i hätti ne das Züg gärn gno us dür d Luft grüehrt. Aber äbe. Di arme Cheibe sy ja hinderem Glas ygsperrt. Das mues scho es herts Läbe sy. Ygsperrt. U de no ständig däwä müesse im Züg desume hetze. Di chöi sech ja niene still ha. Chuum sy ihrer Grät vor ihrne Ouge explodiert, sy si scho wider wäg.

Vilich wette si use. Luege si äch drum so sehnsüchtig dür ds Glas? Wette si, so wie mir, o frei sy?

Eigetlech sötti me dene doch hälfe, dene arme Wysslinge.

I ha scho mängisch dänkt, es täti vor allem de Chind guet, mit myne Chind z spile. Guet. Myner hätte älwä wenig Fröid a ne. Wil: Mit ihrne dünne Vorderbei u de fyne Finger mues es scho no müehsam sy, e Boum uf z chlättere. U warum di Gschöpf nume uf de Hinderbei stöh, we si doch o no Vorderbei hätte, isch mer o no nid klar. Ja, es sy würklech armi Lüt.

Aber dä, wo da jetze scho lang hinder dere Schybe hocket, isch es sältes Exemplar. So lang blybt sälte eine. Vilich wäri das jetze eine vo dene, wos sech würdi lohne, ne übere zu üs z näh. Dä würdi vilich no lehre, dass der Sinn vom Läbe mit Sy z tüe het. U nid mit Tue. Das wäri älwä eine, wo me no chönnti rette. Di meischte Andere sy z verbisse i ihrer Meinig, me müessi geng. Dene byzbringe, dass me nume wenig mues, wäri älwä nümme müglech. Schad eigetlech. Wil: Hilf bruchte si, di Bleichlinge. Es geit ne nid guet. Un es isch ja o ke Läbtig, geng so ypfercht z sy. Sy tuure mi, di Mönsche. Aber dä da vor mir, dä ...

Churz bevor der Zoo zueta het, bin i gäge hei u ha no e chli über di bsundere Tier gläse.

D Bonobo-Affe zum Bispiel heige zu über 99% di glychi DNA wie d Mönsche. Si sy üs also am ähnlechschte.

Es dünkt mi aber, das chönni fasch nid sy. Mir Mönsche benäh nes uf üser Wält definitiv meh als 1% dümmer als d Bonobo-Affe.

# Ds Mönschetier

Chraaak! – Isch das grusigs Wätter! Aber nid nume grusig. Nei, es isch chalt, nass u grusig.

Wie scho so mängisch a däm Ort, won i deheime bi, wirds z ersch chalt. De fats aafa schneie. U churz drufache warmets wider u meischtens lärts de no Räge über di wyssi Pracht. De pflotschets uf de Strasse u d Lüt sy gnietig u lamentiere über das Souwätter – schlimmer no, als dass sis süsch scho tüe.

Chraak! – Blyb dert äne! Chumm mer nid z nach. I wott nid scho wider ...

Chraaak! – Gang dänne. – De halt nid. Flügen i halt. Aber nid wyt. Muesch nid meine. – Chraaak!

«Hör äntleche uf mit dym Gschrei, du elände schwarze Pääggi!»

Ou, da isch älwä eine mit em lätze Bei ufgstande. Unde am Boum steits, das Mönschetier. Ypackt i ne warmi Winterjagge. E wyssi Chappe hets ufem Chopf u d Finger stecke i schwarze Händsche.

Das Mönschetier fuchtlet jetze mit syne Arme gäge mi ueche u fahrt wyter mit sym Usgrüef: «Öich geits jetze de a Chrage! Wartet nume! I drei Wuche wird abgstimmt. U we di Initiative düre chunnt, de heit er de der Dräck, dir Mischtvycher. De isch de fertig mit chräie. Verbotte wirds nech. Äntlech verbotte! Öich Chräiene wird ds Chräie verbotte. Verstöht er? Jawohl. Äntleche. U de hei mer de Rueh vor öiem elände gchrächz. De chöit er de luege, won er blybet.»

Chraaak!

Dä Giftzwärg da unde redt sech leid ines Züg yne. Derby isch er ja eigetlech es Nüt. Ömel we me ne mit der ganze Schöpfig verglycht.

I der Tierwält gits ja allergattig Arte. U mängisch hets o e chli Unarte derby. Aber di Mönschetier! Jesses! Di meine ja de scho, was si syge. U benäh sech o, wie we si d Chrone vo Gottes Schöpfig wäre. Wei d Könige vo der Tierwält sy. Derby ...

Chraaak!

Lueget se doch einisch gnauer aa. Was chöi si de scho? Uf zwöine Bei stah chöi si. Einigermasse. Guet. Immerhin öppis. U was no? Loufe. Ja. Das o. Aber de i was für emene Tempo – für ihri Grössi? Si sy scho nid grad so langsam wie d Schnägge. Aber fasch. We me se mit öppe glychgrosse u glychschwäre Tier verglycht, emene grosse Hund zum Bispiel. Oder emene Reh. De sys Schlärpeler! Me gseht zwar scho geng wider, dass si probiere schnäller z wärde. Aber es glingt ne nid. Nach churzer Zyt scho chyche si wie gstört, hei hochroti Chöpf u merke nid, dass ihres Bemüeie, schnäller z wärde, nüt abtreit u nume ihrer Gsundheit schadet. Uf d Gschwindigkeit vo Hund oder Reh wärde di Mönschetier nie cho.

Chraaak!

U mit dere Gsundheit hei si o so nes Züg. Was die nid alls mache, für ... i weis eigetlech nid emal für was. Guet. Dass si sech d Hut müesse ysalbe, damit se d Sunne nid röschtet, chan i ja no nachvollzieh. Schliesslech hei di arme Tröpf ja so ne empfindlechi Oberflächi, dass si sech jede Morge müesse Hudle druf tue. Chleider säge si dene. U wen i de am Aabe albe i d Schlafzimmer yneluege, gsehn i, dass die de di Hudle abzieh u anderi Hudle aalege. Für ga ds Schlafe. Obwohls ke Sunne het u warm gnue wäri, wil si ihri Hütte ja gheizt hei. U de decke si sech de ersch no mit Hudle zue. So ne Blödsinn chunnt äbe o nume dene i Sinn. Aber di hei halt älwä generell chalt, so blutt, wie die usgseh. Sy eigetlech scho armi Cheibe, so ohni Fädere- oder Fällchleid.

We mir so müesste! Da chieme mer ja niene häre. Stell der vor, mir müesste am Aabe üses Fäderchleid ablege u nes anders aalege – u am Morge das Ganze de wider rückwärts ... Äbe: Ds Mönschetier isch e komischi Rasse. U wäri eigetlech z bedure, we si ...

Chraaak!

We si nid so überheblech wäre! Das isch jetze e Tierart, won i nid ma verputze. Äbe zum Bispiel dä männlech Verträtter da unde. So ne grössewahnsinnige Löl. Was het er gseit? Si wölle üs Chräiene ds Chräie verbiete? Spinne de die? Guet. Si hei ja scho mängs vebotte u hei dür das Verbiete o scho mängs verbocket. Zum Bispiel dä mit de Chüeh. Hei die doch dene ihrer Hörner wägputzt. Stellet nech vor: Ihrer Hörner wägputzt – wil si gfährlech syge. Wie we Chüeh gfährlech wäre. Guet. Si chöi zwar scho. Aber äbe nume denn, we d Mönsche gägenüber ihne blöd reagiere oder se nid artgrächt behandle.

Äbe si sy du no ga abstimme, öb me das Hornfurt-putze wider rückgängig müessti mache. U heis ab-glehnt! Me stell sech das vor! Abglehnt! Si putze de-ne Chüeh geng no Hörner furt – statt z luege mit dene uszcho.

Chraaak!

U drum wärde si älwä o bestimme, dass mir nümme z chräie hei. I cha mer vorstelle, dass si da scho e Mehrheit wärde finde derfür. So wie si o geng wider Mehrheite finde, damit si no meh Hüser u Strasse chöi boue für dass si no i grössere Wohnige chöi läbe u no grösseri u schnälleri Outo chöi fahre. Di Stümper!

Chraaak!

Derby ... Aber i schweife ab. Eigetlech bin i bi de Chleider gsy. Si lyre sech also de y, damit si nid röschte. U im Winter älwä o no, damit si nid chalt hei. Im Summer zieh si de alls ab. U wil si de würde röschte, salbe si sech äbe so Gschlaber uf d Hut – statt dass si eifach würde d Chleider annebhalte – we si se de scho anne hei. Würklech es komisches Ding i üser Tierwält.

Chraaak!

Aber Züg mache chöi si de scho. Gletscher la schmelze zum Bispiel chöi si. Oder mit so Bombene Ärdbebe mache. Oder so tue, wie we si Vögel wäre – derby chöi si nid emal sälber flüge u bruche so Chischtene derfür, wo si um sich um lyre – so wie d Chleider. Oder enand erschiesse chöi si o. Stell der vor, we mir so täte. Natürlech han i o öppe einisch Räbel mit anderne Chräiene. Meischtens denn, we mer eini mys Revier wott cho strytig mache oder wen i öppis frässbars gfunde ha u mer e Anderi das wott cho chlaue. De räblets de scho. Aber desstwäge bringe mir üs doch nid um. Mir sy doch nid so blöd u murgse nes gägesytig ab. D Mönscherasse macht das aber äbe scho. Mängisch wäge chlynem Seich.

Chraaak!

U was het dä jetze gseit: Si wei üs Chräiene ds Chräie verbiete? Ja de tüet doch, we dir meinet. Scho wider so ne idiotisch überhebleche Mönschequatsch. Grad wie di armseelige Gschöpfli üs, der Natur, öppis chönnte verbiete. Das choschtet üs nume es müeds Lächle.

Chraaak!

Aber wie gseit. Si heis mängisch scho e chli höch im Gring. U überschetze sech total. Si merke nid emal, dass dür ihres Tue zwar ganz e Huffe vo der Natur kaputt geit, dass si aber im Grosse u Ganze gseh nume e Flöigeschiss sy uf dere Wält. Wil d Natur früecher oder später alls reglet. Sälber. Ohni di Schwächlinge. Si wird di Überhebleche usem irdische Vorkomme stryche. Ohni grossi Problem. Da het de d Natur i de letschte Jahrmillione scho grösseri Ufgabe glöst, als dene überhebleche Bleichlinge Herr z wärde. Die sy vor es paar hunderttusig Jahr uftoucht u wärde in es paar Jahrhunderte verschwinde, wie scho mängs Anders uf dere Wält o scho isch erschine u wider isch verschwunde.

Aber eis söll nech gseit sy, öich Mönschetier. Es tuet nech de no weh, we dir öies Verhalte nid radikal änderet. Sehr weh wirds nech de no tue, we d Natur nid anders cha, als nech furtzputze! Das wüsst dir zwar – es schynt nech aber glych z sy. O wider so ne Lölihaltig vo dene Glünggige.

Chraaak!

De göht nume ga abstimme, we der meinet, dir heiget daderdür alls im Griff. Verbietet dir üs Chräiene ds Chräie, we dir meinet, dir heiget de nächär Rueh vor üs. E e. Was syd dir ömel o für armi Würmli, dass dir so müesst? Dir heit e unwahrschynlech grossi Meinig vo öich – u syd es Nüt. Es Garnüt. – U ds Schlimmschte dranne isch: Dir wüsstets eigetlech!

Chraaak!

# Kuurlige Züg

Wie geits,
fragt d Truur d Hoffnig.
Ig bi chli truurig,
seit d Hoffnig.
Hoffetlech, seit d Truur.

*Franz Hohler*

# Initiative

Es isch no gar nid eso lang här, da het ds Schwyzervolk chönne ga abstimme, öb d Chüeh müesse Hörner trage oder öb si wyterhin hornlos dörfe desumetrappe.

Das het em Einte oder Andere gä z dänke.

Was sy mir für ne Gsellschaft – wo über Chuehörner mues oder darf ga abstimme? Chöi mer nes glücklech schetze, dass mir das überhoupt dörfe, oder mues me sech a Chopf recke, wil mer vilich über Wichtigers sötte diskutiere als über Chuehörner?

Als Stimmbürger darf me sech über gwüssi Frage i der Politik üssere. Das isch es wunderbars Rächt, wo mir älwä zwenig schetze. U wo vili leider o nid bruche. Ömel we me d Stimmbeteiligunge aaluegt.

Mängisch cha me aber o verstah, dass d Lüt überforderet sy. Wil me äbe nume Ja oder Nei cha säge. Mängisch wäri es Jein gäbig. Ömel we d Abstimmige komplex sy u beidi Syte gueti Argumänt vorzbringe hei.

U mängisch chöme o Initiative zur Abstimmig, wo me im Nachhinein merkt, dass d Umsetzig nid eifach oder mängisch sogar nid müglech isch. Das isch ergerlech. Für d Politiker u o für ds Volk. U natürlech vor allem für d Behörde u d Ämter, wo settegi Entscheidige ja sötte umsetze u de vilmals müesse der Gring häre ha, we sis nid mache.

Es git je lenger je meh so Initiativene, wo d Umsetzig problematisch isch.

Das stört se, d Ursle. Das stört se scho lenger. U drum het si d Idee gha, si chönnti doch o einisch e

Initiative starte u Underschrifte sammle. Im Bewusst-
sy, dass d Umsetzig nid eifach chönnti wärde. Aber
das isch es ja bi scho entschidene Initiativene, wie
gseit, o nid geng gsy.

Für die Initiativene, wo si wott lanciere, würdi si
älwä sogar di gforderete hunderttuusig Underschrifte
zämebringe.

Um was giengs?

Der Initiativtext chönnti si sech so vorstelle: «Der
Bundesrat wird verbindlich aufgefordert, den Früh-
ling mit dem Herbst zu verbinden.»

Begründig: Der Summer isch i der Regel z heiss u
glych z füecht. Wils vil meh rägnet, als dass me wet-
ti. Drum chönnti me dä usse la u vom Früehlig grad i
Herbscht gah. Vorab müessti me de aber no kläre, öb
me der Petrus zur Vernähmlassig überhoupt wetti
ylade oder nid. Dä chönnti nämlech i dere Sach de no
Spielverderber sy. U drum wär si eigetlech der Mei-
nig, dass me ne gar nid würdi frage. Aber das mues ja
de d Staatskanzlei entscheide.

Bi dere Jahreszyt-Initiative chönnti d Gfahr o no
bestah, dass der Bundesrat e Gägevorschlag würdi
ufstelle. Eine, wo de o no grad würdi der Winter wöl-
le abschaffe. So nachem Motto: We scho, de scho!
Da müessti si natürlech de, zäme mit de Tourismus-
regione, scho vo Aafang aa Gägestür gä – u drum,
prarallel zu dere Jahreszyt-Initiative, grad o no e
Zweiti starte.

I dere zweite Initiative würdi si der Bundesrat ver-
pflichte, bi der Aanahm vo der erschte Initiative mit
der Frou Holle es Rahmeabkomme uszarbeite, wos
ihre verbietet, underhalb vo tusig Meter z schneie.

Als Gägeleischtig dörfti si de zwüsche tusig u zwöi-
tusig Meter di bishäregi Mängi verdopple.

Mit der zweite Initiative wäri das Gstürm vom
Wächsle vo Summer- uf Winterpneu vom Tisch. U
de würdis o das Gniet eliminiere, dass – wes wider es
chlyses Schümeli gschneit het – d Summerpneufahrer
wie Geischter uf de Strasse desume schlittere.
Schneeschnuze u Schneeschlüdere bruchtis under tu-
sig Meter o nümme u di gströiti Salzmängi würdi
sech drastisch reduziere. Also wäre sicher o di Grüe-
ne für Underschrifte z ha.

D Ursle isch stolz uf ihri Idee u gseht, dass es doch
es bsunders Privileg isch, Schwyzerin z sy. U dass si
über Chuehörner u süsch no verschidene Quatsch
darf ga abstimme, ghört halt zum politische System.

# Nöji Wörter

Mängisch dünkts mi, üsi Sprach sygi längwylig worde. Wär brucht de hütt no Wörter wie trappe, tschalpe, gümperle, schlarpe, schlärpele, pfösele, staabe, düssele, stogle, striele – wo mer hätte für üsi Bewegig z beschrybe? Mir säge eifach gah, we mer göh. Schad eigetlech, gället?

Aber das isch nid z ändere. E Sprach veränderet sech u das isch guet eso. Was mir aber weniger gfallt isch, dass nümme Nöis entsteit. Dass me für öppis Nöis nume no eis Wort kreiert. Wen es nöis Produkt ufe Märit chunnt, de git me däm hütt ei Name. E Computer zum Bispiel isch e Computer u blybt e Computer. Fertig. Derby chönnte me däm doch no anderi Näme gä. Zum Bispiel Gwunderchischte, Närvesagi. Oder Abstürzdrucke, Surimugge. Das wäre doch Alternative zum eifältige Wort Computer. Derby geits mer de gar nid öppe um d Anglizisme, wo i üsem Sprachgebruch ja massiv Yzug ghalte hei. Gäge die han i nüt. Di ghöre jetze zu üser Sprach. Öb mer wei oder nid. Di sy da.

Fröie tät mi, we mer nöji Wörter würde erfinde. Wortkreatione. Buechstabekreatione. Me chönnti – für i der Computerwält z blybe – emene Laptop künftig Milugütti säge oder ememe Stick zum Bispiel Gludidüggu. Eifach e nöie Name kreiere indäm me Buechstabe zumene härzige Wort zämestücklet. Mi dünkti das e luschtegi Ufgab un es würdi vilich dür das wider e chli meh glachet uf dere Wält.

I däm Sinn wünschen ig öich wyterhin vil Hegliklamibüllerli – oder uf Gwöhnlechdütsch: Läsevergnüege!

# Ds Deogütterli

Är isch fürchterlech e Gnietige. Das weis er sälber. Zwar nid düre ganz Tag dür. Nei, sobald er zum Huus us isch, de tagets bi ihm o. De chunnt er langsam uf Tuure. Brueflech wäri ihm nüt aazmerke. Är wärchet zur Zfrideheit vo syne Vorgsetzte, isch fründlech u umgänglech. U kene würdi je nume im Entferntischte vermuete, was für ne Gnieticheib är cha sy. Ömel am Morge.

Jede Morge, we der Wecker tschäderet – was heisst da der Wecker? D Wecker! Mehrzahl! Jede Morge, we d Wecker tschädere, dräit er sech no es paar Mal im Bett um. Drum tschädere o nid alli Wecker mitenand, sondern zytverzögeret. All zwo Minute eine. Bis dass de z letscht, der Gross, mit eländem Lärme, dusse im Badzimmer, ufem Wäschtisch, losgeit. U dä hört nid uf. Dä mues er vo Hand ga abstelle.

Früecher isch er albe im Badzimmer gstande, mit emene Ghürsch im u ufem Chopf, wil er no nid genau gwüsst het, wo obe u wo unde isch. U zu sym Leidwäse isch über em Wäschtisch no e grosse Spiegelschaft ghanget, wo fasch di ganzi Wand abdeckt het. I dä Spiegel het er, öb er het wölle oder nid, müesse luege, wen er der Wecker isch ga abstelle. U so, wies em Wecker abgstellt het, hets o ihm. Oder ehnder abglösche, statt abgstellt. Är het albe i dä Spiegel gluegt u het Angscht übercho vor däm, wo ihn da aaglotzet. Es isch de e Momänt ggange, bis dass er gmerkt het, dass er sich da ja sälber aaluegt. Bis zu däm Momänt isch aber geng e heikli Spannig i der Luft gläge. Wen er der Gsichtslumpe i der Hand gha het, de isch di Situation ungfährlech beändet worde. Är het däm Gränni nämlech eifach der Hudel a Gring gschosse. Ds Wasser, wo nächär em Spiegel na ache gloffe isch, het das Gsicht dermasse i ne Fratze verwässeret, dass er d Angscht dervor verlore het. Wen er aber de ke Gsichtslumpe zur Hand het gha, we de öppe no der Föhn vom Vorabe ufem Wäschtisch gläge isch, oder ds elektrische Zahnbürschtli, de hets de albe feiechli polet u am Gsicht het sech i der Regel nüt gänderet.

Bis äbe letschthin!

Är isch wider gweckt worde, het sys normale wecke – weckerabstelle – wyterschlafe – wecke – Ritual düregmacht u isch du vor em Spiegel gstande. Der Ander het ne so himmeltrurig aagluegt, dass ds Deogütterli, wo vor ihm ufem Wäschtisch gläge isch, het müesse dragloube. Das het du der Spiegel nid möge ha. Dä isch mit emene grosse Chlapf i tuusig Stückli zergheit u het sech übere Wäschtisch u übere ganz Badzimmerbode breit gmacht. Der Ander isch du zwar furt, aber der Maa o gweckt gsy.

Bevor dass er isch ga wärche het er alls zämeputzt u me hätti vo däm morgentleche Chlapf nümme gseh – we nid der Badzimmerspiegel gfählt hätti u we nid der Wäschtisch drü Näggi hätti gha, wo usgseh hei, wie we drei Spinnele uf der Glasur würde hocke.

Är het der ganz Morge überleit, was er jetze söll. Ke Spiegel meh wäri d Lösig. De würdi ne dä Gröiel am Morge nümme aagränne. Aber äbe. Rasiere u strähle ohni Spiegel geit leider o nid.

Was de?

Är het beschlosse, am Samstig i di dämentsprächende Gschäft ga z luege u sech ga la z berate.

Wäschtisch het er gly einisch eine gfunde gha. Bi de Spiegelschäft aber isch es lenger ggange. Är het ja em Verchöifer nid chönne säge, warum er eigetlech ke Spiegel wetti, glych aber eine sötti ha. Won er du verschideni Überlegige gmacht het gha, het er afe einisch gmerkt, wo ds eigetleche Problem ligt: Der Spiegel, won er zertromet het, isch über di ganzi Wand ggange. Me het ne nid chönne furtnäh un är het ihm o nid chönne usem Wäg gah. Jede Morge, wen er i ds Badzimmer isch cho, het er unweigerlech müesse dry luege.

Di Erkenntnis het ihn du uf d Idee bracht, dass es älwä schlau wäri, nume e halbe Spiegelschaft oder äbe e Chlynere ufzhänke. U dä de ersch no nid oberhalb vom Wäschtisch, wo der Wecker druffe steit, z montiere sondern e chli links i Egge yne. Das het er natürlech em Verchöifer nid eso dörfe säge, wil dä chuum verstande hätti, dass er der Spiegelschaft nid überem Wäschtisch wott positioniere.

Wo du der Verchöifer ihm no ds Nöischte zeigt het, het er das o no grad bstellt. Es verstellbars Liecht. Also eis, wo me stuefelos vom herte Chaltwyss het chönne zum gälblechwarme Warmwyss wächsle. E tip topi Idee, hets ne dünkt. De chönnti är sech de, je nach Gfüehlslag, mit em warme Liecht no e chli la buttele oder sech mit em Chalte Chraft gä.

Ds Problem wo no bblibe isch, isch di läri Plättliwand überem Wäschtisch. Was söll er mit dere? Das isch ja die, wo ihn jetze de wird aaluege, wen er i ds Badzimmer chunnt. Är het sech grad nid chönne entscheide, was dert sötti hange u het sech drum vorgno, dä Entscheid z vertage.

U syt denn überleit er jede Morge, wen er vor dere läre Plättliwand steit, was er am liebschte hätti das ihn würdi aaluege. Mängisch isch es d Sunne, won er sech wünscht. Oder e Stärnehimmel. Oder e Wald. Di Wünsch dänkt er sech a di plättleti Wand un er gseht se o dert druffe. U jedes Mal, wen er vor dere Plättliwand steit, überchunnt er es guets Gfüehl. Eifach wil das uf dere Wand isch, won er sech grad vorstellt.

Syt denn brucht er o nume no ei Wecker. Wil er sech, we der Wecker tschäderet, uf d Gedanke fröit, won er sech uf die lääri Plättliwand cha dänke.

Mängisch bruchts nume es Deogütterli, e kaputte Spiegel un e chli Phantasie, damit me am Morge mit ganz andere Gfüehl i Tag stygt.

# Spiegelbild

Si hocket im Bus u tröimt e chli vor sech häre.

Uf z Mal het si ds Gfüehl si wärdi beobachtet. Öpper luegi se aa. Si lat sech nüt la aamerke, gspürt aber ganz dütlech, dass se öpper aaluegt.

Ganz langsam u unuffällig luegt si um sech. Im Abteil näbe dranne sitzt e Frou. U die luegt se aa.

Si luege enand aa. Nume ganz churz.

Du luegt si wider gradus. Si probiert sech z konzentriere, öb das, wo si grad gseh het, nid tüüscht. Si luegt se no einisch aa – u erchlüpft! Da luegt se würklech eini aa, wo präzis genau glych usgseht, wie die, wo se am Morge im Spiegel aaluegt.

Si überleit. Geng no graduslugend. Du chunnt ihre i Sinn, dass das ja nid ihres Äbebild cha sy. Es Äbebild würdi glych usgseh, we mes würdi näbenand stelle. Die, wo diagonal vor ihre hocket, gseht aber so us, wie sii sech am Morge im Spiegel gseht. U das isch nid die, wo d Lüt gseh. Ersch jetze erchlüpft si z Grächtem! Wil si merkt, dass sii ja nid sii isch. Optisch. So wie sii sech gseht, gseh se d Lüt nid. So wie si ds Gfüehl het, dass si uf d Lüt würkt, würkt si nid. Wil si sech ja nume im Spiegel gseht. Si fragt sech, weles Bild vo ihre de eigetlech ächt isch. Das, wo si im Spiegel gseht, oder das, wo d Lüt gseh?

Ihre wird schwindlig!

Wo si no einisch übereluegt gseht si, dass ihres Gägenüber wahrschynlech di glyche Gedanke mues gha ha, wie si.

Die Frou steit aber jetze uf u geit zu der Tür us.

Der Bus fahrt wyter. Usem Lutsprächer tönts: «Nächster Halt: Spiegel.»

## Punkt acht

Är isch e Perfektionischt.

Sy Wohnig isch pingelig suber u ufgrumt. Alls steit genau am richtige Ort. Är überlat nüt em Zuefall. Jedes Dingeli steit dert, wos scho geng gstande isch. Wen er öppis Nöis mit heibringt – was üsserscht sälte vorchunnt, wil er nid zu dene ghört, wo geng ds Nöischte müesse ha – de luegt er sehr genau u mängisch o sehr lang, wo dass das nöie Ding sy Platz wird ha. Stellts de nach dere Überlegigszyt uf das Plätzli u dert blybts, bis dass es brucht wird u steit de wider dert, nachdäm dass es brucht isch worde.

Bevor dass er zu der Wohnig us geit, arbeitet er regelmässig verschideni Pünkt ab. Punkt eis: Isch der Chochhärd usgschalte? Punkt zwöi: Isch ds Liecht überall abgschalte? Punkt drü: Sy alli Fänschter zue u verriglet? Punkt vier: Isch d Tür vom Chüehlschrank zue? Punkt füf: Kontrolle vom NSPKHB, was heisst Naselumpe, Smartphone, Portmone, Kreditcharte, Hustürschlüssel, Büroschlüssel. Punkt sächs: Isch d Hustür bschlosse – zwöi Mal bschlosse? Punkt sibe: Isch ds Liecht im Husgang abgschalte? Punkt acht: Links u rächts luege für über d Strass.

Das het er syt Jahre jede Tag so gmacht. Geng Punkt eis bis acht. Geng der glych Ablouf. Un er het nie öppis dranne gänderet. Ussert bim Punkt füf.

Vor emene halbe Jahr isch er nämlech entlaa worde. Är sygi z langsam hets gheisse. Zwar sygi sy Arbeit, won er machi, geng tadellos gsy. Nie e Fähler. Nie e Beanstandig. Aber äbe: Genau sy rentieri hütt nümme. Fähler machi nümme so vil us, wie früecher. Drum söll er schnäller sy, Fähler hin oder här. Das isch ihm aber total gäge Strich ggange. Är het nid chönne Fähler zuela. Das isch ihm eifach nid müglech gsy. Mit der Konsequänz, dass er het müesse gah. U dermit het er o ke Büroschlüssel me gha, won er het müesse kontrolliere öb er ne by sech heigi.

U jetze suecht er, als über Füfzgjährige, e Job. Vilich hätti är ja no e Chance, eine z übercho – wen er schludrig wäri. Aber sys pingelig sy gseht me ihm nid nume i de Bewärbigsunderlage aa. Sys Ufträtte isch halt o dämensträchend. Wen är sech geit ga vorstelle, de treit er e Aazug. O wen er sech nume ufene Stell als Spediteur wott ga bewärbe. E Aazug ghört eifach zu ihm. Är treit syt Jahre nüt anders, wen er zum Huus us geit. D Mitbewohner hei ne o nie anders gseh als mit Chittel u Cravatte.

Bis vor füf Wuche! Denn hets gärdbebnet!

Är wohnt inere grosse Wohnig. U die vermag er – syt er arbeitslos isch – eleini nümme. Drum het er gluegt für ne Undermieter. U het öpper gfunde. E Frou. Är het ihre sys Schlafzimmer vermietet.

D Marielle isch e Härzegi. Ömel so hets ihn dünkt, wo si sech isch cho vorstelle. Si isch nid vil jünger als är u das het ihm o no passt. Är isch dervo usgganuge, dass si e Ruehegi u Ordentlechi isch. Dass d Marielle aber e Feschthütte isch, wo ständig Bsuech het u dass si der Ordnigssinn vo ihm ganz u gar nid teilt, het er leider ersch gmerkt, wo si scho isch yzoge gsy.

Sy Wohnig gseht drum jetze ganz anders us.

Ds Gschirr steit nümme geng dert, wos häreghört. Es isch mal hie u mal da. Ds Tröchnigstüechli isch mal einisch, mal zwöimal zämegleit u d Öffnig, wes am Stängeli hanget, zeigt mängisch füre u mängisch hindere. Der Karton wird nid suber trennt u schön zämegleit. Nei, dä ligt mittlerwyle inere Kartonchischte im Reduit. Dürenand! U ds Schlimmschte, so dünkt ne, isch der Husygang. D Marielle hänkt ihri Jagge a nächschtbescht Hagge. Mängisch obe, mängisch rächts oder de underhalb. Un är mues de luege, won er sy Chittel no wott ufhänke. Är ma nid dra dänke, wie sy Garderobe usgseht, we si Bsuech het. D Schueh vo de Bsuecher lige dert, wie we si drususe ggumpet wäre. Nid näbenand. Dürenand!

Das het ihm di erschte Tage enorm Müei gmacht. Un är het d Marielle druf aagredt. Het ihre wölle säge, wien ärs gärn hätti. Het ihre di einzelne Kritikpünkt wölle vorfüehre unere sy Vorstellig wölle darlege. Si het aber nume es Lächle – es wunderbars Lächle, wien er het müesse feschtstelle – ufgsetzt u zu ihm gseit, är sölli ds Läbe nid so äng gseh. Das bieti nämlech meh als nume wärche u Ornig ha. Är sölli ds Läbe läbe u sech nid mit eigete Läbesvorstellige im Wäg stah.

Si het ne du a der Hand gno, i ihres Zimmer zoge u ihm dert es grosses Schnaps ygschänkt. Nid dass si Alkoholikere sygi, het si gmeint, aber si nähmi öppe einisch e Schluck, we si ds Gfüehl heigi, ds Läbe sygere z schwär. Nach es paar Schlück wärdis liechter. Me müessi nume nid z vil dervo näh, süsch wärdis de no schwärer. Si hei du Gsundheit u Duzis gmacht u d Marielle het ihm es saftigs Müntschi Mitts uf ds Mul ggä. Är het sech nid emal möge wehre dergäge.

Won er du später i sym Bett gläge isch, het er zu sich gseit, är wäri eigetlech en Esel gsy, wen er sech gäge das Müntschi gwehrt hätti.

Är söll ds Läbe läbe. Hütt. Nid ersch morn. U ds Geschter sygi verby, het d Marielle ihm geng u geng wider gseit. U si het ne o mitgno. A Konzärt. I Kino. U si sy sogar zäme ga tanze. Das het ihm aafa gfalle. Aber nume langsam.

Geng wie geng, wen er eleini zum Huus us isch, het er syner acht Pünkt abgarbeitet. Das het er no nid chönne la sy. Wen er mit der Marielle zum Huus us isch scho. Si hätti ihn älwä schön usglachet, wen er ihre gseit hätti, är müessi no acht Pünkt düregah, bevor er zum Huus us chönni. U sech vo ihre la uslache het er nid im Sinn gha. Drum het ers, wen er mit ihre furt isch, la sy.

Mit de Chleider isch er aber lockerer umggange. U wo d Marielle gseit het, es wäri doch einisch Zyt, für nöji Klamotte ga z choufe, het er gärn zuegseit. Irgendwie het er gspürt, dass sech i ihm inne öppis tuet. D Marielle het ihm guet ta. Het sys Pingelige e chli ufgweicht. Si hets mit ihrer Härzlechkeit aber o mit ihrer Fröhlechkeit verstande, ihn mit chlyne Schrittli vo sym Alltagstrott wägzbringe.

Gmüntschelet isch je lenger je meh worde bi ihne. U o gäge das het er nüt gha. Won ihm d Marielle du einisch i ihrem Zimmer e zweite Schnaps ygschänkt het u zeigt het, dass si mit ihm no anders möchti mache als nume trinke u uf ds Mul müntschele, isch er zwar e chli überrumplet gsy. Si het aber d Initiative ergriffe, het ihn gfüehrt u ihm zeigt, wie schön dass es cha sy, we sech nid nume zwe Mönsche, sondern o zwe Körper finde.

Wen er a di Wuchene zruggdänkt, de sy das di Schönschte gsy, won er je einisch erläbt het gha. Är het gmerkt, wie unwichtig all di Yschränkige sy gsy, won är sech i der Wohnig sälber uferleit het gha. Langsam, Schritt für Schritt, het er sech vo all däm chönne löse.

Nume mit öppisem het er Müei gha: Di acht Pünkt. Mit der Marielle zäme kes Problem. Da het er irgendwie d Verantwortig a si chönne übertrage. Wen er aber elei zum Huus us isch, het er sys Ritual geng no gmacht.

Das het ne gnärvt un är het sech vorgno, irgendeinisch eifach zum Huus uszgah ohni nume eine vo dene Pünkt z beachte. Ganz fescht het er sech das vorgno. Un är het nume no ufe richtig Zytpunkt gwartet. Es het müesse passiere, we d Marielle nid deheime isch gsy. Är het das eleini wölle düerzieh. Wil er gwüsst het, dass es schwirig wird wärde.

Jetze steit er bi der Hustür. I Jeans umene T-Shirt. Der Puli het er locker über d Schultere gleit u d Turnschueh sy bbunde. Der Hustürschlüssel het er i der Hand. Jetze sötti är ... Är tuet, statt dass er, wie geng, zum Chochärd u nächär zum Liecht geit, d Hustür uf u geit use. Zieht d Tür hinder sech zue, steckt der Schlüssel i ds Schloss u dräit. Nume einisch – das längt, het d Marielle gseit. Du geit er d Stäge ab. Der Schalter vom Liecht im Husgang luegt er z ersch aa, dräit du aber de der Chopf uf di anderi Syte. Du geit er zum Huus us, füre a d Strass. Louft quer über ds Trottoir uf d Strass use.

Ds Outo, wo mit ere Vollbrämsig uf ihn zuestüret, het er nid gseh cho. Är het drum o der Punkt acht nid gmacht ...

# Gniete

Si göh nächschtens uf Reise.

Är: «Ach, was me da geng alls mues mitschleipfe.»

Si: «Was hesch jetze wider z jammere?»

Är: «Lueg doch d Goffere aa. E grossi Goffere! U glych z chly, bi all däm Plunder, wo mir – wo du! – wosch mitschleipfe. Da heisis früecher gäbiger gha.»

Si (hässig): «Wie meinsch das gnau?»

Är: «Jedes het e Schnuderhudel un es Portmonee mitgno. Är no e Sackhegel. Fertig. U d Gaffemaschine hei si o nid müesse abstelle u kontrolliere, öb d Sicherheitsvorrichtige ygschalte sy o nid. Si sy eifach ggange. Türe zue u furt.»

Si: «Hör uf liire. Hesch Halbtax, Gäld, Kreditcharte, Medikamänt, Sunnebrülle, Lippestift u der Huet?»

Är (nachdäm dass er kontrolliert het, öb er di Sache o würklech het): «Natürlech! Bi doch ke Halbschueh. Cha sälber für mi dänke.»

Si: «Guet. De chöi mer ja starte.»

Är: «U du? Hesch Halbtax, Gäld, Kreditcharte, Medikamänt, Sunnebrülle, Lippestift u der Huet?»

Si (nachdäm si kontrolliert het, öb si di Sache o würklech het): «Natürlech! Bi doch kes Tascheli. Cha sälber für mi dänke.»

We dir jetze meinet, di Zwöi heigi Krach zäme, de syd er lätz. Si hei zwar einisch, wo si hei wölle verreise, eine gha. Vor Jahre. Denn hei si enand aaschliessend aaglachet, wils se dünkt het, es sygi doch eifältig, sech wäge so öppisem däwä aazfahre. Si hei du aber beschlosse, das Gniet, jedes Mal z mache, we si uf Reise göh. Als Spiel. Das mache si syt denn. U hei nie meh Krach gha derwäge.

# Lieder

Är het als Chind geng gärn gsunge. Deheime. Mit de Eltere u de Gschwüschterte zäme. Aber o i der Schuel. Ihm isch d Melodie vo de Lieder albe vil wichtiger gsy, als ds Verstah was er singt. Oder anders gseit, är het bi vilne Lieder wohl der Text chönne, het aber meischtens ke Ahnig gha u sech o überhoupt kener Gedanke gmacht, was er da zäme laferet.

Zwüschyne isch aber glychwohl ds Einte oder Andere blybe hange. Meischtens wils ihm mit syne chindleche Gedanke irgendwie nid isch ufggange oder wils ne het gspässig dünkt.

Bi de Wiehnachtslieder, wo ja mängisch vo der Sprach här scho e chli eiget sy, het er bim «Stille Nacht» geng e Chnüppel gha. Dert het er inere Liedzyle ja müesse singe: «... durch der Engel Halleluja ...». Un er het sech jahrelang gfragt, wiso niemer gmerkt het, dass da e klassische Fallfähler vorligt. Es müessti doch heisse: «... durch *den* Engel Halleluja».

I ds glyche Kapitel geit dä vom «hol der Knabe im lockigen Haar». Das tuet eim doch weh bim Singe. Richtig söttis doch heisse «hol *den* Knaben im lockigen Haar».

U wie es Ross nid nume springt, sondern grad entspringt, isch ihm o nid ganz klar gsy. Das Ent... vordranne het er nie chönne i d Landschaft lege. Es Ross springt. Punkt. Das Ent... het vor em springt nüt z sueche.

U wär dä «Jesse» het sölle sy, u was das «kam die Art» het sölle bedüte, het sy chindlechi Phantasie o niene chönne hei tue.

E chli später het ihn du d Flunkerei i de Lieder aafa

123

störe. «Mitten im kalten Winter ...» söll Jesus gebore worde sy. Derby isch doch dä z Bethlehem uf d Wält cho. U dert isch es im Dezember durchschnittlech sicher öppe zwänzg Grad warm. Also nüt vo Winter!

Me het aber no anderi Sache gsunge. Nid nume Wiehnachtslieder. I der Schuel oder o i der Pfadi. U we me die hütt no würdi singe, würdi me älwä vor d Rassismuskommission zitiert oder me hätti mindeschtens e Aazeig wäge Chriegsgurgelzüg am Hals.

Es paar Usschnitte us Liedertexte, won er als Jugendliche gsunge het – ohni sech gross übere Inhalt Gedanke z mache:

C A F F E E trink nicht so viel Kaffee. Nicht für Kinder ist der Türkentrank, schwächt die Nerven, macht dich blass und krank, sei doch kein Muselmahn, der ihn nicht lassen kann.

U was hets gnützt, das Lied? Nüt. Gar nüt. Der Gaffeekonsum i der Schwyz isch ja enorm u üses Land isch wältwyt der gröscht Gaffehändler (obwohl bi üs ja ke einzegi Gaffeebohne wachst ...). Dä Türggetrankkanon isch also vo der Zyt überholt worde.

Es anders Bispiel usem Pfadi-Singbuech:

... u chunnt ä Find, so sell är cho. Miär tiant ä de scho üüsä. Ä Chugglän aim! Ä Füüscht uf s Gläff. De chan är de ga pfuüsä ... (es Urner Lied).

Är stellt sech vor, wie hüttegi Eltere würde reagiere, we ihre Füftklässler mit däm Liedtext würdi vo der Pfadi hei cho.

Oder es Lied, won er usem «Röseligarte» vom Otto von Greyerz gsunge het. Der Soldat:

Ich bin ein jung Soldat von einundzwanzig Jahren, geboren in der Schweiz, das ist mein Heimatland.

Den Doktor holt geschwind, der mir zu Ader lasse, meine Lebenszeit ist aus. Ich muß ins Totenhaus.

Hier ligt mein Säbel und Gewehr und alle meine Kleider. Jetzt kommen sie daher. Ich bin kein Kriegsmann mehr.

Mit Trommel- und Pfeifenspiel, so sollt ihr mich begraben. Drei Schütz ins stille Grab, die ich verdienet hab.

So öppis het er gsunge, won er no nid emal i der Pubertät isch gsy. Zum Glück het er denn nid verstande, was er da für Wörter vertont het ...

Un er dänkt, dass – we me hütt meint, d Jugend sygi verrucht, sygi grob u wärdi mit Brutalität konfrontiert – me sälber o einisch e chli sötti zrugg luege. Vilich isch es de hütt – nei, nid halb so schlimm! – geng no so schlimm. Oder eifach anders schlimm.

# Wunderbar unerträglech

Wunderbar! Herrlech, di Landschaft!

Är steit obe am Bärg. Vor sich di ydrücklechi Bärgchetti mit ihrne höche, wysszuckerete Gipfel. Är luegt vor sech ache. E grossi Alp, z hinderscht imene Talchessel, ligt vor syne Füess. Es geit wyt, bis ganz ache. D Hüser unde sy wie Gufechnöpf, so chlyn. Es isch e herrleche Blick vo da obe ache.

Eigetlech wetti är no nid gah. Aber öppis trybt ne. E Ungeguld. Es Krible im Buch. E Närvösi. E Mischig zwüsche Angscht u Gwunder.

Was jetze chunnt, kennt er. Är hets scho mängisch erläbt. Syner Muskle wärde sech jetze de aaspanne. U de wird er e Gump näh. E grosse Gump gäge füre u de gäge ache. Nid so, wie me das gwöhnlech macht. Nei. Es isch e Gump über zäh, zwänzg Meter. De wird er ufsetze. I d Chnöi gah u grad wider wytergumpe. Wie wen er zwo grossi Bettfädere a de Füess hätti. Der Absprung isch geng mit Aasträngig verbunde. Mit Chraft, wo vo de Oberschänkle, aber o vom ganze Körper här chunnt. Es chunnt ihm vor, wie wen er e Schyspringer vorne am Schanzetisch wäri. U d Bewegig isch o ähnlech. Nume dass die der Schyspringer usere Vorwärtsbewegig use macht. Är praktisch usem Stand use. U we der Absprung o mit Aasträngig verbunde isch, der Teil bis er wider z Bode chunnt, isch mit Liechtigkeit gfüllt. Ere wunderbare Liechtigkeit, won er süsch nid kennt. Är flügt dür d Luft ohni irgendwo aazcho. Es isch nid wie bim Gleitschirmle, wo me imene Gstältli hanget. Är isch niene aagmacht. Isch völlig frei. Schwäbt für ne churze Momänt gäge ueche, hanget i der Luft u geit de langsam em Bode zue für de dert sanft aazcho u grad wider abzstosse für der nächscht Luftsprung i Aagriff z näh.

Uf die Art gumpet er i riise Gümp vom Bärgspitz gäge ds Tal ache. Über di bluemige Alpematte.

Ds Gfüehl, won er derby empfindet isch Liechtigkeit, verbunde mit Angscht. Liechtigkeit, wil für ihn das schwärelose Gfüehl ganz speziell isch. Öppis, won er geng wider nöi erläbt. Angscht, wil er sech bi jedem Absprung vor der Landig fürchtet. Nid dass er je einisch lätz wäri z Bode cho. Nei. U o der aaschliessend Absprung fürchtet er nid. Nume d Landig. Ds Ungwüsse, öb er de nachem Flüge wider abdämpft ufe Bode zrugg chömi, jagt ihm jedes Mal Angscht y. U zwar so heftig, dass er der Flug gar nie ganz cha gniesse. D Angscht hanget ihm bi jedem Gump im Gnick.

Das Wächselbad vo Glückseeligkeit bim Flüge u der Angscht vorem Lande macht ihn z schwitze. Nimmt ihm der Atem. Bi jedem Gump e chli stercher. Der dritt Gump geit no grad eso. Bim Vierte fählt ihm scho fasch d Chraft für abzspringe. Es geit zwar no. Aber während em Flüge überchunnt er fasch ke Luft meh. Es ängt ne y. Der Absprung wird zumene Chraftakt, wo ihn a d Gränze bringt. Är ringt nach Luft, wetti rüefe, wetti aahalte. Aber är flügt! U jetze de d Landig! Vor dere het er ja Angscht! Herrjesses! Hilfe! Hälfet mer ...!

Schweissbadet erwachet er. Är hocket im Bett. Sy Puls rast u der Atem geit schnäll. Nume ganz langsam beruehiget er sech wider.

Dä speziell Troum het er scho mängisch tröimt. Het

das wunderbare Gfüehl erläbt. Das Gfüehl vo Liechtigkeit. Vo däm lutlose, berüehrigslose Schwäbezuestand. Es unbeschryblech herrlechs Gfüehl. Är het aber o jedes Mal di Angscht erläbt. D Anscht vorem Lande. Das ygängt sy. Dä Druck. Ds Fähle vo Atem. Ds Fähle vo Sicherheit. Das Ungwüsse.

I däm Troum erläbt er ds Läbe. Vom unbeschryblech Schöne bis zum unändlech Schwäre. Erläbt das syt mängem Monet. Fasch jedi Nacht.

Fasch jedi Nacht erläbt er di wunderbar liechti Unerträglechkeit.

# Unändlech gross

Vorgeschter han i es Erläbnis gha, wo mer zimlech wyt yne isch. Sälte het i mir inne öppis uf so eifachi Art e Raglete Gedanke usglöst, wie dä Bsuech i dere Stärnwarte. Es sy nid di lüchtende Stärne u o nid d Planete gsy, wo mi däwä fasziniert hei. Nei, d Distanze hei mer Ydruck gmacht.

I ha erfahre, wie fasch unermässlech gross üses Universum isch. U wen ig öich das hie ganz eifach darstelle, de sölle mers d Astronome nid verüble, wen i gwüssi Zahle e chli uf- oder abgrundet ha. Für das, won ig dermit wott zeige, länge ganz grobi Aagabe. Scho mit dene isch di ganzi Grössi fasch unfassbar.

I faa mit üsem Sunnesystem aa. U probiere d Distanze vo Aafang aa nid i Kilometer darzlege sondern i Liechtjahr. Also i der Gschwindigkeit vom Liecht. Es isch drum de später gäbiger z erkläre.

Vom Mond zu der Ärde brucht ds Liecht nume 1,3 Sekunde. Also e churzi Gschicht. Eigetlech. Ds Sunneliecht brucht de scho e chli lenger. Nämlech öppe 8 Minute. Wes also uf der Sunne e Eruption git, de gseh mir di Veränderig bi üs ersch acht Minute nachdäm si dert scho passiert isch.

We mer über üses Sunnesystem us luege, de heisst der Stärn, wo üs am Nächschte ligt, Alpha Centauri. U dä isch scho 4,2 Liechtjahr vo üs ewäg. We dä also irgendeinisch nümme würdi lüchte, würde mir das ersch über vier Jahr später gseh. Oder anders gseit, gseh mir uf üser Ärde öppis, wos vilich scho syt vier Jahr nümme git. E chli e schregi Vorstellig, gället?

Der entferntischt Stärn, wo mir mit blossem Oug

no chöi erchenne, also das Liecht vo däm, wo mer gseh, isch vor drütusig Jahr dert entstande. Oder anders gseit, we mer uf z Mal gsehti, dass dä Stärn erlöscht, de wäri das Erlösche vor drütusig Jahr passiert.

U we dir no e anderi Darstellig, vo der Grössi vo üsem sichtbare Universum wettet, de stellet nech zum Bispiel vor, dass üsi Sunne z Gänf bim Springbrunne wäri. D Ärde wäri öppe 1,5 Meter näbe der Sunne. Der Alpha Centauri, also der nächschtglägnig Stärn, wäri öppe am Bodesee usse. Wo der wytischt, für üs no sichtbari Stärn wäri, wott i gar nid aafa usrächne. Eifach wils für üs Mönsche unvorstellbari Dimensione sy.

Mir wüsse, dass ds Liecht schnäll isch. Es git für üs nüt fassbar schnällers als ds Liecht. Ussert ...

Ussert vilich üser Gedanke! Di chöi sech nämlech no vil schnäller bewege. Un es wäri eigetlech müglech, dass üser Gedanke jetze no grad uf der Ärde wäre – u jetze grad ufem Alpha Centauri. Das isch müglech. U spannend! Wil: We mir üs dert häre chönnti dänke, de gsehte me vo dert us, was uf der Wält vor guet vier Jahr passiert isch. Das wäri zwar nid so interessant, wil mer ja wüsse, was vor vier Jahr bi üs passiert isch. We mers aber umchehre, wirds definitiv spannend. We mir nämlech i Gedanke ufe Alpha Centauri göh u gseh, was dert passiert, de wüsste mir scho, was mir hie uf der Ärde ersch i guet vier Jahr würde gseh. Oder we mer e chli wyteruse i ds Universum gienge, de chönnte mer dert scho gseh, was es ersch ines paar Hundert Jahr bi üs z gseh würdi gä. U we mers de no grad fertig dänke us no grad e chli grüüslecher mache, de isch vilich im Universum öppis vor Jahrhunderte gscheh, wo üs ersch nächschtens wird beträffe. Also isch vilich scho vor hunderte vo Jahre öppis passiert, wo für üsi Zuekunft entscheidend wird sy. Wo mir aber no gar ke Ahnig hei dervo. Schreg, gället?

I ha mer du no Gedanke gmacht, wie da e Religion dry passt. I di unändlech vorstellbari Wyti. I ha mer di Gedanke gmacht, wil i einisch dervo usgah, dass Gott – wie das di meischte Religione lehre – Ärde, Himmel u Stärne, also all das, wo mir gseh, gschaffe het. I probiere mir di Grössi vorzstelle, wo dä Gott mues gha ha, für das ganze Universum z mache. Mache isch zwar älwä ds lätze Wort. Aber es Wort für ds Mache vo dere grosse, ja fasch unändleche Schöpfig, gits i üser Sprach sowiso nid. Un es bruchti das älwä o gar nid.

Mi dünkt eifach nume, dass es eifältig isch, we mir Mönsche üs – im Name vom jewylige Gott – d Chöpf yschlö, wil mer ds Gfüehl hei, üse Gott sygi der Einzig u was dä gseit heigi, was über ihn gschribe sygi worde, ja, was mir drususe interpretiert heige, sygi ds einzig Wahre. Mi dünkt, we Himmelätti so unändlech gross isch, dass er das Universum het chönne erschaffe, de würdi är üs uslache, wen er gsiech, wie chlynkarriert mir Mönsche dänke u handle – im Wüsse, wie unändlech gross sys Wärch isch.

Oder, wie mers einisch en alte Maa erklärt het: «I stelle mir Gott vil grösser vor, als dass dä sech um mönschlechi Chlynigkeite, wo üs aber schynbar so enorm wichtig sy, würdi kümmere.»

Wie rächt er doch het, dä alt Maa!

**Wyteri Büecher vom Ernst Hunziker**

**Unglych**
(Der erscht Krimi mit em Fahnder Flück)
Seebad isch es chlyses, idyllisches Dörfli i der Umgäbig
vo Interlake. Dert stöh drü Hotel. Zwöi sy i Betrieb. Ds
Dritte söll nächschtens wider eröffnet wärde. E nächtleche
Brand zerstört aber das Gebäud. Isch es Brandstiftig, oder
sy di beide andere Hoteliers a däm Brand beteiliget?
E zuesätzlechi Ufgab für e Fahnder Flück. Dä hätti eiget-
lech gnue eigeti Problem z löse: Eine vo syne Mitarbeiter
fallt us u der Ersatz, wo ihm sy Vorgsetzt organisiert het,
macht ds Ganze nid eifacher. Zum Glück cha der Fahnder
am Aabe für d Tällspieluffüehrige ga probe. Dert chan er i
ne anderi Rolle schlüffe u der Alltag vergässe. Oder doch
nid ganz?

**E leidi Gschicht**
(Der zweit Krimi mit em Fahnder Flück)
Z Seebad isch gschosse worde. Schynbar hets e Person
preicht. So bhouptets ömel e Bewohner vom Cholchose-
huus. Der Fahnder Flück findet aber wäder e Täter, no es
Opfer. Derfür merkt er, dass i däm Huus nid alli so nätt zu-
nenand sy, wie si ihm vorspile. Won er gspürt, dass d Be-
wohner o d Lüt vom Nachbarhuus usgränze, wirds für e
Fahnder kompliziert u gnietig.
   Gnietig isch es aber o privat. Sy Frou het Chnörz mit
sich sälber. U o bi sym Hobby, em Tällspiel, louft nid alls
so, wies der Fahnder gärn hätti.
   I däm Krimi wird mit Mönsche gspilt. Darf me das?
Oder isch das unakzeptabel? Di Frage stelle sech em Fahn-
der i dere spannende Gschicht, zwüsche Thuner- u Brien-
zersee.

**Unspunne**
(Der dritt Krimi mit em Fahnder Flück)
Ds Alphirtefescht, wo Stadt u Land söll verbinde, isch vorbereitet. D Teilnähmer u d Bsuecher chöme langsam i Feschtluune. Nume wenegi wüsse, dass di fridlechi Stimmig tüüscht. Sys d Béliers wo – einisch meh! – Unspunne wei missbruche, für politisches Kapital drus z schla? Oder stecke anderi Chreft derhinder?

Wo im Tällspielareal während ere Uffüehrig gschosse wird – u zwar nid nume mit em Täll syre Armbruscht – droht däm eigetlech fridleche Fescht sogar der Abbruch.

**Didgeridoo www.**

Didgeridoo:
Als Fahrer vom Poschtouto, wo zwüsche Spiez u Äschiried verchehrt, kenne ne di Yheimische. Aber wär isch eigetlech dä hilfsbereit u liebeswärt Mönsch würklech? Di Frag stelle sech d Lüt leider ersch, wo öppis ganz Unerwartets gscheht.

www.:
Ds Internet bietet hütt verschidenschti Müglechkeite, enand lehre z kenne. Di Glägeheit näh o „listen" u „multiple" wahr. Was aber, we di Beide meh möchte als nume mitenand chatte? Was, we si sech persönlech möchte gägenüber stah?

E nid alltäglechi Gschicht zwüsche Wimmis u Schwarzeburg.

**Adväntszyt**

Dusse strubussets, es isch fyschter u chalt. Nachdäm me der Novemberblues einigermasse schadlos überstande het, fat eim der bevorstehend Wiehnachtsstress uf ds Gmüet aafa drücke. Was gits da dergäge bessers, als es heisses Tee, Cherzeliecht – u Wiehnachtsgschichte?

**Allergattig**

Ds Läbe schrybt bekanntlech allergattig Gschichte. Zum Bispiel läbigi, kuurligi, kritischi oder o spezielli. Vo dene brichtet das Büechli. Es sy nid wältbewegendi Gschichte, wo da verzellt wärde. Wil ds Läbe sälber ja o nid wältbewegend isch. Es sy Churzgschichte wo zum Nachedänke, zum Chüschte, zum Gniesse u mängisch o zum Grediuse- lache sölle aarege.

Si sy dür mängs Jahr dür entstande. Un es isch erstuun- lech, wie zytlos vili Gschichte i dere schnällläbige Zyt bblibe sy.

Erhältlech sy di Büecher im Buechhandel.
Wyteri Informatione über e Outor u über sys Schaffe über- chömet dir uf der Websyte: www.ernsthunziker.ch